욥의 슬픔을 아시나요

이승하

초판본 시인의 말

어찌하여 내가 태에서

죽어 나오지 아니하였었던가

어찌하여 내 어미가 낳을 때에

내가 숨지지 아니하였던가

—「욥기」제3장 11절

복간본 시인의 말

—폭력과 광기의 날을 살아가면서

어언 35년 저쪽의 일입니다. 1990년 초, 어느 문학 행사 때 최승호 시인을 만났습니다. 자신이 세계사에서 내는《작가세계》의 편집장을 맡게 되었고 세계사 시집 시리즈를 이승훈 시인과 함께 기획하게 되었으니 다음 시집을 세계사에서 낼 의사가 있으면 원고를 보여 달라고 했습니다. 1991년 연초에 세계사로 찾아갔고, 원고 뭉치를 내밀었습니다. 제목을 '정신병동 시화전'으로 붙여서.

며칠 뒤에 한번 보자고 전화가 왔습니다. 찾아갔더니 시집 제목이 이래서는 안 된다고 반대하면서 자신이 '욥의 슬픔을 아시나요'라고 붙였다고 했습니다. 종교적인 색채가 없는 시집에 이런 제목이 붙는다는 것에 대해 응할 수 없어 저는 편지까지 써 보내면서 여러 개의 제목을 제시했지만 최승호 편집장은 당신 시의 화자가 겪는 고통은 구약 성경에 나오는 욥의 슬픔을 방불케 한다면서 고집을 꺾지 않는 것이었습니다. 그래서 하는 수 없이 시집의 자서 부분에 욥기 제3장 11절을 넣고 제 말은 한마디도 하지 않았습니다.

세계사 시인선 13번으로 1991년 5월 15일에 나온 『욥의 슬픔을 아시나요』에는 폭력적인 가장 밑에서 성장기를 보내는 남매가 나옵니다. 오빠는 참다 참다 가출을 하고, 누이동생은 오빠를 기다립니다. 오빠는 장기 가출로 고등학교를 퇴학당하고 신경성 질환을 얻어 신경 정신과 병원에 다니게 됩니다. 누이의 몸은 지상에 있지만 영혼은 천상을 떠돌게 됩니다. 오빠는 검정고시를 거쳐 대학에 진학하고, 졸업 후 직장 생활을 하면서도 계속 불면증에 시달립니다. 불면의 밤마다 토하듯이 시를 씁니다.

이 시집으로 저는 '대한민국문학상'이란 것을 받게 되는데, 그때 심사위원이었던 홍윤숙 시인이랑 다른 인연은 전혀 없었지만 부고를 듣고 장례식장에 갔습니다. 번역 문학가이자 고려대 교수인 김화영 씨가 사위임을 그곳에서 처음 알게 되었습니다. 또 한 분 심사위원이었던 김종길 선생님은 경향신문사에서 소설로 상을 받게 되었을 때 시상해 주셔서 비로소 뵙고 인사를 드렸습니다. 제게 큰 상을 주신 두 분 다 돌아가셨습니다.

제 아버지도 어머니도 돌아가셔서 이 시집을 낼 때의 슬픔이 옅어졌지만 누이는 지금도 앓고 있습니다. 이 시집을 낼 때 저는 기업체 직원이었기에 샐러리맨의 애환을 자주 다루었습니다.

걷는사람이 묻혀 버린 이 시집을 어떻게 알고서 새판 출간을 주선해 주어 고마운 마음 헤아릴 길이 없습니다. 옛날 시집이라 판매가 안 되면 누를 끼치는 일이니 은근히 걱정이 됩니다. 해설 재수록을 허락해 주신 이광호 형과 신문에 월평을 써 주셨던 최동호, 박혜경 선생님께 감사의 인사를 드립니다.

2025년 초봄에
이승하

차례

1부 미친 누이를 위하여

해설

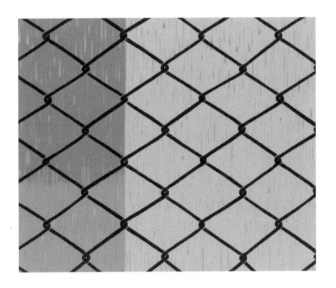

1부

미친 누이를 위하여

길 위에서의 약속
—볼프강 보르헤르트에 얽힌 추억

가야 할 길은 또 얼마나 멀고 험할까
돌아다보면 참 아득도 해라 눈꽃 핀
세상, 사람들은 얼어붙어 정육점의 가축처럼
(어린 시절, 정육점 앞을 지날 때는 눈길을 돌렸었지)
형체도 알아볼 수 없는 모습을 하고 걸려 있었네
20세기의 지상 곳곳, 대리전과 침략전과 내전이 끝난 뒤
통곡하는 상복의 여인을, 미쳐 버린 스물네 살의 처녀를
너는 본 적이 있는가 네가 본 세상의 어둠은
눈으로 덮여 있어 더 환하고 순결했을 것이네

얼마를 더 가야 쉴 곳이 나올까
밑창 다 떨어진 구두와 지폐 몇 장
젖은 가방을 베고 누워 운 적이 있었네
(그 가방 속에는 『이별 없는 세대』가 있었고)
젊은 탕아들이여 귀가하지 말라
너희들이 철들려면 아직 멀었다고
외치고 싶던 그날 눈 쌓인 길 위에서, 볼프강 보르헤
르트

왜 너는 더없이 순수한 죽음에 관한 것들을 들려주었
었나?
왜 너는 나한테 관련 맺음의 아름다움을 들려주었
었나?

나도 언젠가 집을 가질 수 있을까
수십 번도 더 내가 살해하고 용서했던
부모와 형제(=가족=가축?)가 준 상처는
(그 상처는 다른 누가 주는 상처보다 깊으리)
이 우주의 역사와 더불어 불멸할 거라고 저주하며
집을 떠났었네, 네 책갈피마다 눈 내리고 눈은 꽃피워
겨울이 오면 늘 다시 읽고 싶은 볼프강 보르헤르트
그날, 길 위에서 너는 나한테 손 내밀며 말했었네
보다 가까운 것, 힘없이 늙어 가는 것들을 다 사랑하
라고.

바람 그리기

황혼의 감천*으로 너를 보낸다, 누이야

네가 혼자 사분거리다 냇둑을 뛰어가면
다옥한 네 머리카락 황금빛으로 빛났다
망각의 시내 이편에서 나는 지켜보았다, 너는
아무런 수치심도 없이, 두려움 하나 없이
오롯이 옷을 벗었다
하나씩 발아래 옷이 쌓이면
도리암직한 네 몸 청동빛으로 빛났다
그때 감천은 무르춤하였고,
깊이깊이 한숨짓는 바람의 다발
울음 참고 나는 오래 지켜보아야 했다
그 무력했던 날들

누이는 어느 날부터인가
월경이 멎고, 식욕을 잃었다
낮에 자고 밤에 바장이고
혼자 웃고 혼자 흐느끼고

잘 쉬어라 쉬어
네 곁에서 나직이 휘파람 불면
누이는 일어나 두 팔 아느작거리며
집을 나섰다 마을을 나서
혼자 가만가만 웃다 바람이 이끌면
네 혼을 불러내는 정든 시내
그 냇둑에 서서 바람을 그리겠다고
바람의 매무새를 그리겠다고

감천아, 감천의 바람아, 착란의 이 땅아
내 누이는 영원히 어린애란다
나와 누이를 연결시켜 주는 끈은 없단다

버려진 내 누이, 너는 아직 곱게도 미쳐……

* 김천시 외각을 흐르는 시내의 이름.

15

성분도 직업재활원에서

여름 다 간 들녘에서
나무들이 숨 쉬고 있었네
땅속 깊이 뿌리를 내리고
나무들이 자라고 있었네
온몸을 햇빛과 바람에 맡겨
온몸으로 자라고 있었네
숨어서 울 필요도 없이

영혼 병든 누이의
남은 생을 돌보아 줄 곳을 찾아
경기도 광주군 도척면의 성분도에 갔던 날
뿌리 없는 어린 풀잎들을 보았네
수를 놓고 스웨터를 짜는
가지 꺾인 어린 나무들을 보았네
재단을 하고 도자기를 만드는

이파리도 없이, 어린 풀과 나무들
세상의 공기를 만들어 보려고

하늘을 우러러 간절히
찌그러진 몸으로 간절히
진땀을 흘리면서 일하는 모습을
나는 숨어서 지켜보았네

여름 다 간 들녘에서는
밑동에 칼을 대고 못을 박은 나무가
태어나는 괴로움을 모르는 풀잎을 위해
눈물 없이 잠드는 법을, 한 올
또 한 올 가슴속 응어리를 풀어
세상에 물을 주는 법을
온몸으로 배우고 있었네.

병든 아이
—에드바르트 뭉크의 그림 1

손꼽아 기다린 날 어린 날의 설날 아침
누이는 설빔을 입고 방구석에 오도카니 앉아 발갛게
한 자루 촛불로 떨고 있었다 먼 곳에서 밀물처럼
몰려온 친척들 썰물처럼 떠날 때까지 한마디 말이
없던

수줍음 많은 누이, 어둠의 심연으로 왜 숨고 말았을까
왜 숨 쉬고들 있을까 내 철없이 죽음을 실험하려 했
을 때
—작은오빠, 다시 집 나가더라도 자살은 하지 마
약 빼앗아 품에 넣고 한사코 안 주더니 회복 불가능한
수동형의 삶을 내처 살고 싶었던 게지 스물세 살부터

두 눈의 초점을 잃어 갔다 심야에 부나방처럼 돌아다
니고
창문에다 쾅쾅 담요를 치고, 식사 도중에 저 혼자서
킥킥 웃기도 하고 퉁퉁 부은 눈으로 일어나기도 하고
고려대 부근 아무개 신경 정신과 병원

—가족이라도 3개월이 지나야 만날 수 있습니다

술병을 깨 들고 외치고 싶었다 웃통을 벗고서
심판할 테야! 너한테 폭력을 가한 우리 아버지를!
폭력을 사주한 우리 어머니를! 안암동에, 제기동에
서울역 앞까지 파도가 쳤다 무너지는 건물들,
떠다니는 사람들을 보았다 수많은 상처받은 혼을

　　—작은오빠, 부모님을 그만 용서하자 우리도 죄가 많
으니
차라리 곱게 미쳐 용서하고 만 내 누이야, 하나뿐인
이 지상은 명백히 꼬여 있는 질서로 움직이는데
너는 허공만 보고 있을래 멍하니, 그렇게 멍청하니.

면회

등 뒤에서 문이 닫힌다 사유의 자유가 무한한
이곳은 얼마나 평화로운가, 바람도 술잔도 없는 곳
무죄한 네가 보고 싶어서 찾아왔다…… 잘 있었니?

웃고 있구나, 쾌락과 도취를 거부한 누이
창백한 너를 따라 나도 말없이 웃어야겠지
마주 보며 웃을 뿐 침묵이 한동안 자연스럽다

생각해 보렴
육체란 게 얼마나 사악한지를, 추악한지를
제 명 다하면 하얀 뼈 말려야 할
너도 나도 살아 있어 웃음 짓는가
살아 있어 만나고 헤어지는가

우리 사이의 안 보이는 금, 아직
세계는 전모를 드러내지 않고 있어, 아직
욕망의 역사를 움직이는 것은 악이란다
모든 죽음은 언제나 타인의 죽음

모든 고통은 언제나 자신의 고통이란다

우리 둘의 거리는 불과 1미터
DMZ 너머보다 멀게 느껴진다
무엇이 우리를 가로막고 있기에…… 아, 하늘이 없다

잘 있거라, 몇 권의 책을 놓고
나는 다시 한낮의 저 어두운 거리로
맨몸으로 돌아가야 한다, 등 뒤에서 닫히는 문.

통나무

조용히 피 흘리며 내가 쓰러진다면 너는 무얼 할래?

매 맞아 아프지 않은 지도 오래

두들겨 맞으며 나는 자랐다 자란다 두 살 아래 내 누이야

잠 오지 않을 땐 나를 생각하렴 최면 걸린 시민이 되면

전혀 신음하지 않는다 몇 대를 두들겨 맞아도

녹초가 되어도 초주검이 되어도 얼굴이 흰 작은오빠는

울지 않는다 빌지 않는다 상처가 아물면

다시 굴욕의 밤, 다시 통제된 밤이다

누이야, 원수는 가장 가까운 곳에 있는 법

가장 미운 사람을 가장 많이 닮는 법

바깥에 봄비 추적추적 내리던 날, 가옥에서 나가리 차라리

내 다 용서하고 평생 머리 기르지 않으리

맹세했건만 버릴 수 없어 더 가증스런 살붙이

매일 보는 겨레붙이가 알고 보면 얼마나 무서운 존재인지

무서워 치가 떨리는 성城 성내동 계단 밑 방

숨어서 울던 어린 네가 생각난다 성내는 무서워요
나를 내버려두지 말아요 나는 혼자 달아나곤 했다
자주 맞으면 아프지 않아 차라리 희열이다
면역이 된 내 몸과 만성이 된 내 마음이다만
고뇌의 황홀을 맛보기 위하여 나는 다시 더 세게
맞아야 한다 자, 때리십시오 이해할 수 있습니다
두 살 아래 내 누이야 오락가락하지 말고 나를 봐
작은오빠는 통나무란다 맞아도 맞아도
아프지 않아 아프면 어때 뒤죽박죽인 낮과 밤
싸우는 소리 환청으로 들려오던 계단 밑 방
나는 더 자라야 한다 건강해야 한다.

제광매가祭狂妹歌

이제 알겠다, 넓이 모를 저 하늘에
별들이 왜 반짝여 왔는지를
이제 알겠다, 개수 모를 저 별들이
하늘에 왜 자리해 왔는지를

취한 별들이 춤추고 있다 산개성단 구상성단
모였다 흩어지는 사람보다 많은 별들
사람들아, 내 미친 누이에게 돌 던지지 말기를
뜻 없이 떠도는 별이 어디 있으리

너의 넋은 왜 저 별들 사이를 떠돌고 있니
시간과 공간의 벽을 허문 너를 위하여
내 이 밤 만취하여 춤이라도 추어 볼까?
넌 그럼 하얀 이를 드러내며 웃어 주리

기억해 다오 남쪽 하늘 처녀좌의 별이여
스물넷에 우주 하나 잉태한 내 누이를
죽일 수야 없으니 종신토록 짐 저야 하리

출렁이는 하늘에 술 뿌리면 나도 밤도 취해.

귀향 일기

얼마 만인가, 내 몸 둘 바 몰라 고향을 떠나
내륙으로, 내륙으로만 떠돌다 돌아왔네
칼을 지니고 다닌 칠성동 뒷골목에서의 방뇨와 고성방가
새우처럼 꼬부라져 잠들었던 미아리의 뒷골목을 기억하네
길이 끝난 곳에서 감천은 늘 가슴을 태웠고

고해를 향해 부러진 노를 젓던 나는 여전히
사람일까, 인해人海 속에서 팔을 젓지 못하는 나는 아직도
한 마리의 사람일까, 누런 피부, 누런 속옷 그대로
혼자만의 오랜 여행에서 돌아온 날
미쳐 버린 누이, 표정 없이 작은오빠를 맞아 주었네

살아생전, 소망 죄다 무너진 네 곁으로 가
곤한 내 영육 한번 뉘어도 좋았으련만
냇가로 가자, 추억 어린 산책길에서도

26

마음은 외따로 떨어져, 우리 오뉘
더 이상 접근할 수는 없나 보다, 우리 오뉘

채워야 할 공허한 마음만 갖고 지상에 떨어져
채워야 할 공허한 마음을 갖고 천상에 가려나
네가 임종할 때 내가 살아 있다면
내가 임종할 때 네가 살아 있다면
남은 한 사람 더 초라해질까 덜 초라해질까

얼마나 더 더럽혀져야 우리의 생애가 완성될까
내 살아온 날수만큼 많은 미물이 나로 인해 죽었는데
내 살아온 달수만큼 많은 인간이 나로 인해 괴로웠
을 텐데
얼마나 많은 죄를 더 지어야, 더 씻어내야
우리, 최초의 죽음을 맞게 될까

울면서 밤을 지새운 너는 보았을 테지
창을 열었을 때, 길이 끝나는 곳에서 지는 꽃들을

수천 년 대지를 향해 가슴 태운 냇물이
수천 년 물고기와 새의 죽음을 추스르는 광경을
……혼자 누워 잠드는 법을 배워야겠다.

병원에서 쓴 일기

……그 신경 정신과 병원은 도시 변두리에 자리 잡고 있었다. 3층 입원실의 창은 환자들이 뛰어내리지 못하게 모두 쇠창살이 부착되어 있었다. 그래서 바깥을 보면, 세상은 늘 여러 개의 직사각형으로 나뉘어 있는 것이었다……

1일 맑음

나를 가만 내버려두세요. 낭떠러지가 아니면 막다른 골목이었죠. 어느 구석에 처박혀 있든 나는 아무도 구속하지 않을 거예요. 나는 누구의 구속도 받지 않을 거예요.

2일 맑음

밤이 오면 두려워져. 잠꼬대를 하는 20세기 말엽의 많은 인간들처럼 나 역시 환각의 상태로 잠들고 싶을 때가 있었어. 약 없이 살아 봤으면. 약 없는 세상에서 살아

봤으면.

3일 흐림

이름도 부피도 없이 내 너무 오래 산 게 아닌지. 나의 태어남은 하나의 우연, 한낱 어처구니없는 우발적인 사건이었지. 모든 환난의 원천인 태어남이여. 사산아들의 무한한 자유여.

4일 흐림

수술대 위의 환자처럼 잠들고 싶다. 마취된 채로, 마비된 채로. 미라처럼 잠들고 싶다. 잘 포장된 채로, 반영구적으로.

5일 흐림

나는 수태된 적이 없다.

6일 맑음

잠꼬대를 하는 20세기 말엽의 많은 인간들처럼 나 역시 부어오른 땅에서 무거운 잠을 잤네. 형장에서는 꼭 식구들이 웃고 있었네. 살려 달라 외치며 깨어난 그 숱한 새벽. 눈을 뜨면 흰 벽과 쇠창살이 보일 뿐.

7일 비

비 내리는 날, 각진 세상의 작은 부분을 바라보며 나는
원형의 아름다움을 생각하고 있었지. 이를테면 달걀
한 개의 아름다움
성숙한 그 애 뒷모습의 아름다움, 내 참을 수 없이 목
말랐을 때
사과 한 개 밀감 한 개의 아름다움, 내 참을 수 없이
그리운
그 애 까만 두 눈동자의 눈물겨운 아름다움 따위를.

8일 비

엄두를 못 내고 있었지. 참을 수 없어 제도에 항거했을 때

넌 건방져. 벽을 보고 돌아서. 머리를 숙여. 학생, 왜 인사 안 해.

나를 억제하고 나를 업신여겼던 자들이 따라다니며 감시하고 있어.

벽지의 색깔이 왜 나날이 달라질까. 못 참겠어. 이제는 그 누구도

나를 거들떠보지 않아. 의사도, 간호원도, 친구들도, 그 애마저도.

9일 비

'이 규율과 질서는 여러분을 위해서입니다' '안 됩니다' '하지 마라'

숱한 스승이 조금씩, 끊임없이 나를 일그러뜨렸던 거
야. 형편없이 마모된

　　나는 아무한테도 접근할 수 없었지. 아무도 나의 접
근을 허락지 않았지.

　　장남한테는 끊임없이 '서울대 법대에 가거라' '판검사
가 되어야 한다'

　　차남한테는 끊임없이 '형을 좀 본받아라' '너는 육사
에 가야 한다'

　　10일 비

　　되거라. 나는 되기 싫었다. 양수 속에서 동그랗게 잠
들었을 때가 좋았다.

　　교련 시간마다 땡볕 아래서 목총을 들고 16개 동작을
익히느니

　　16세의 나이로 학교를 그만 다니겠다. 나는 마침내 제
안한다.

　　나의 제안은 받아들여지지 않는다.

저 애가 아무래도 돌았나 봐. 나는 자연 도태될까?

굴렁쇠가 되어 굴러가고 싶어. 멀리, 아주 먼 도시의 습한 뒷골목으로.

밤의 유희

─수면제와 절교하자. 수면제의 두려움을 알자.
─복용량은 최저량으로 한다.
─신경 안정제는 안심할 수 있나.
─자연의 리듬을 잊지 말도록.
─코코아는 밤의 음료로 좋아.
─야식은 잠이 드는 것을 방해한다.
─불면의 원인을 찾는다.
─모리타 요법, 슐츠의 자율 훈련법.

끝내 일어나 새워야 할 밤이면
『불면증 완치법』(정동철 편)이나
『불면증 해소법』(류한평 저)을 읽는다
읽고 또 읽은 책을
성서인 양 또 꺼내 읽어도
초침 소리만 점점 커지고
전신의 신경이 핏발처럼 곤두선다
눈먼 사람처럼 민감해지는 청각
탈영병같이, 세상을 보는 눈빛이 달라진다

이런 밤에는 바퀴벌레보다 민첩하게
집을 빠져나와 안양천변 둑길을 걷는다
걷다가 뛰고 뛰다가 쓰러진다 하늘은 장중하다
10년을 두고도 못 다스린
내 병 아닌 병을 비웃는 베토벤
교향곡 4번 제1악장이 터져 나와
별들이 좌우로 쏠리는 천지개벽의 순간에
브루노 발터의 지휘봉이,
수십 개 현악기의 활이 불꽃처럼 일고

나는 두 팔을 벌리고 광인처럼 웃는다
참다가 참다가 터져 나오는 울음 같은 제1악장
그 악상을 처음엔 허밍으로, 그러다 우렁차게
팔을 휘두르다 우주의 화음에 박수를 치면
곤두박질치는 시간이여, 공간이여
나는 지금 숨차다
박동으로 확인하는 존재들이 아름답다

음향의 파동과 빛의 파동이 함께 춤추니
이 냄새나는 냇가가 나의 무도회장일세

광년의 거리를 두고 살아온 별들이
나를 만나기 위해 저렇게 반짝여 주누나
기뻐하라, 불면으로 세상을 밝히는 빛들아
나는 작아서 더 성장할 수 있다구?
나는 몰라서 더 잘 알 수 있다구?
이런 밤에는 술 마시지 않아도
몸보다 마음 먼저 따뜻해 오지만
이런 밤은 얼마나 드문가
나는 아직도 인간이니, 나는 여전히 인간이니.

정신병동 시화전 1

코 푼 휴지처럼 우리는
이곳에 팽개쳐져 있다
쇠창살과 약물의 나날
몽롱한 눈을 하고 퍼먹는 밥

흰 담벼락에 각자의 영혼을 찢어 붙여
후줄근히 젖어 드는 자기 확인의 시간
양다리 사이의 치부를 자랑해 보일지언정
사회로부터 가족으로부터 친구들로부터
나 자신으로부터도 격리되어 있는데
우리 무엇을 더 부끄러워할 수 있을까
들판과 시냇물, 먼 풍경은 친숙하였고
빌딩과 수돗물, 가까운 문명은 낯설기만 했다

결혼도, 사업도, 자살도 실패로만 끝나
식물인간처럼 말없이 눈감고 누워 지내던 최 씨
오늘은 환청이 들리지 않는지 쪼그리고 앉아
(영혼 가장 은밀한 곳에다 찌를 드리운 모습?)

내걸린 시화를 멍청히 보며 견딜 만하다
견딜 만하다고 중얼거리고 있다.

"누가 나더러 죽으라고 한다.
나는 알 속으로 숨는다."

정신병동 시화전 2

우리의 소원은 통일이 아냐 당연히
당장 퇴원하는 것이지 퇴행하는 것이지
항문기로, 구강기로, 꼬부라진 현대 물파스 A 같은 모
양으로
어머니 배 속에서 숨 쉬던 시절로

나의 배냇 시절은
대구중학과 명문 경북고등학교를 나와
서울법대에 들어간 형이 없어 너무 좋았거나
주먹 세고 고함 잦은 아버지가 없어 너무 좋았거나
공부 잘하고 효성 지극한 이웃집 애가 없어 너무 좋
았거나
툭하면 선착순 시키고 발바닥 때리는 선생님이 없어
너무 좋았거나
조현병 증세로 이상한 짓을 하는 동료들이 없어 너무
좋았다

그때는 다 그렇게 아팠다고

그때는 다 그렇게 참을 수밖에 없었다고
얘기할 날이 올까 이웃과 적응하게 될 날이
이웃이 주는 모든 상처에 적응하게 될 날이
나가고 싶다 나간들 다시 들어오는
조울증과 편집증과 조현병 환자들은
멀쩡하다는 바깥 사람들과 대화하고 싶단다 대화해
본들
그들은 고개를 갸우뚱거리고, 돌아서서 동그라미를
그리고
우리는 몸부림으로 그린 자화상을 몇 점씩 들고 나와
긴 시간에 바라고 있다.

"나의 소원은
사랑받는 것
모든 이로부터
사랑받는 것"

정신병동 시화전 3

꿈꾸는 나무는 저만 괴롭다
다른 나무는 꿈꾸지 않으므로
꿈꿀지라도 아주 다른 꿈이므로

그 괴로움이 쌓이고 쌓이면 상실의 시간이 오리
혹은 단절의 시간 혹은 순례의 시간이
버려졌으므로 우리는 떠나야 했다
억압의 장벽을 우회하여
혈연의 철조망을 통과하여
퇴원할 수 있을까 퇴원한 이후로도 우리는
땅을 보며 걸어 다녀야 하리
헤쳐 나가야 할 사회는 거대한 그물 속
우리는 그물에 갇혀 그물 바깥을 꿈꾸었고
그물의 밖은 결국 병원 안이었다

나 자신을 타인에게 맞출 것
나 자신의 시선을 버릴 것
약을 먹고 10분만 있으면 시선이 풀렸다

환자복을 입은 사람과 그렇지 않은 사람의 차이는
옷이 아니라 시선이 풀어져 있다는 것

우리는 기억의 색색 물감을 풀어
그림을 그렸다 타인에 대한 책임이란 사슬을 풀어
환상의 날개를 달고 날아간 벼랑 끝에서 히죽히죽 웃
으며
형식과 합리를 속옷 벗듯 벗어던졌다
분열성 성격장애의 김 형은 '달님에게'를
정신병적 우울증의 박 씨는 '겨울 연가'를
만성 조현병 환자 미스 리는 '바닷가에서'를 쓰고 그
렸다
망상은 왜 이렇게 많은지
피해망상·종교망상·과대망상·사랑망상·관계망상·
죄과망상
이 모든 망상에 사로잡힌 사람들이 모여 연 시화전
조화로운 것과 조화롭지 못한 것이
성한 것과 성하지 않은 것이 모여

조화를 이루고 있다 위태롭게, 그런대로
시와 그림은 하나같이 바로 걸려 있다.

"내 피부는 벽
마른버짐이 번지고
내 피부는 창
땀과 고름이 스며 나온다
내 마음은 보석
기약 없는 환자지만
반짝일 수 있다"

정신병동 시화전 4

　장 형의 18번은 〈1943년 3월 4일생〉이라는 이용복의 노래

　장기 자랑 시간마다, 가엾은 어머니 왜 나를 낳으셨나요—

　고개를 절레절레 흔들며 부르다 눈물을 글썽인다

　처음 듣는 학생 간호사야 숙연한 얼굴 짓지만

　우리는 짜증스럽다 에이 그 노래 좀 그만 부르슈

　강 형의 18번은 〈내게도 사랑이〉라는 함중아의 노래

　내게도 사랑이 사랑이 있었다아면 그것은 오로지 당신뿐이라오

　사랑이 애인으로, 당신이 박 간호사로 바뀌면

　제3병동 치료실은 웃음의 물결 철창을 넘고 철문을 넘어

　다른 세상의 개나리도 웃는다 눈이 큰 박 간호사 얼굴을 붉히고

　이 형의 18번은 〈아름다운 사람〉이라는 서유석의 노래

돌보지 않는 나의 사람아 나의 여인아 보우 오우 오우

아름다운 나의 사람아 사람 가운데서 아름답지 못해 우리는

격리되어 있나 무엇에도 적응하지 못해, 적응했던 시절로 퇴행한

최 씨는 엄마가 섬 그늘에를 두 손 모아 부르고 안 미친 척

시를 쓰고 그림을 그리지만 어느 시 어느 그림도 조금씩은

뒤틀려 있다 열등감이 지나치면 죄책감이 지나치면

그리움이 지나치면 살아 있는 송장이 되는 걸까 605호실 606호실

1번 침대 2번 침대에서 서서히 시드는 우리, 소리 없이

몸으로 우는 법을 익히고 있는 멍청한 약물의 나날들.

"벽에서 나오니

또 하나의 벽

그 벽에 다시

머리를 박으니

허수아비 되리"

정신병동 시화전 5

매주 수요일 오전 11시
슬리퍼를 질질 끌며, 휘파람을 휘휘 불며, 코웃음을
훙훙 치며
시 치료를 받기 위해 제3병동으로 모이는 우리
한시도 가만히 있지 못해 왔다 갔다 하는 권 형이
차분히 자작시를 낭송하는 시간
온종일 말 한마디 없이 침대에서만 뒹구는 정 씨가
남의 시를 비평하는 평론가가 되는 시간
시를 읽으며 우는 사람과 시를 들으며 웃는 사람은
여기밖에 없겠지

우리는 제각기, 자신을 치료하기 위해 이곳에 모이지만
우리가 쓴 시는 미친놈의 시임을,
손수 그린 그림 위에 자작시를 써 벽에 붙이지만
이 또한 미친 짓임을, 우리가 더 잘 알지
얼마나 많은 고통의 덩굴을 헤치며 여기
제3병동 치료실까지 왔는지를
병원 밖 덜 미친, 아직 안 미친 당신들보다

우리가 더 잘 알지

누가 사랑을 아름답다 했는가
차라리 그대의 이름으로 나를 잠들게 하라
그거 노래 가사 아녀? 조용필이 노래 아녀?
표절한 환자는 동료들의 아우성에
고개를 갸웃거리며 제자리에 앉고
'그저께 주사 치료를 받고부터 심신이 편해졌다'는
심 씨의 시구에는 모두 고개를 떨군다

지금 바깥에서는 무슨 일들이 벌어지고 있을까
사람이 사람을 버려 영혼이 찢어짐을
사람이 사람을 멸시해 영혼이 피 흘림을
사람이 사람을 분노케 해 영혼이 고름 흘림을
시를 쓰면서, 시를 웩웩 토하면서 우리는 배웠다
내가 너한테 관심 갖는 것이 얼마나 아름다운 일인
가를
네가 나의 사랑받는 것이 얼마나 아름다운 일인가를

누가 사랑을 아름답다 했는가를.

"그저께 주사 치료를 받고부터 심신이 편해졌다
어둠에 엎드리는 저 땅처럼
참고 견디어 보자
보다 경건한 마음으로
밤을 지켜 빛나는 저 별처럼
묵묵히 기다려 보자
앞산 숲으로부터 들려오는
이름 모를 새들이 지저귀는 소리
저 새들은 얼마나 행복할까"

예수와 대작하는 밤

불면의 밤마다 홀로 마시는 대추술
쓴맛 단맛이 함께 나는 주홍빛 술을 마시다 보면
세상 이제 다 살았다는 쓸쓸함과
세상 아직 못 살았다는 막막함이
함께 교차되어 눈시울 뜨거워지네

고개를 들고 심호흡을 하면
애처롭다는 듯 바라보는 예수의 얼굴
결혼식 때 고향 친구가 선물로 준
액자 속 예수는 인간의 얼굴을 하고 있네
그는 신이 된 인간이라 하네
인간의 괴로움을 겪은 신이라 하네

   예수여, 내 오늘 다시 한번
   당신을 용서키로 합니다
   스스로를 못 이겨, 신성과
   나 자신을 모독해 온 수백의 밤
   당신이 나를 용서해 줄 것을 알기에

나도 당신을 용서키로 합니다

언젠가는 썩어 갈, 언젠가는 뼈만 남을
언젠가는 뼈도 없을 이 육체로
나도 참 오랜 세월 예수와 싸웠네
그도 나와 같은 인간이었기에
사람을 사랑할 줄 아는 인간이었기에

새벽 두 시나 세 시쯤
예수에게 술잔을 건네면
그는 연민 어린 눈빛으로 웃고
나도 잔잔한 기쁨으로 웃는다네
자, 전기밥솥에 불을 넣고
오늘은 이규동 박사의 약을 먹지 말기로 하자.

젊은 별에게

다시 밤이다
시야에 출렁이는 겨울 별자리 어디
자전과 공전의 질서를 깨뜨릴 수 없어 고뇌하는
젊은 별이 있다면 지금, 나에게 신호하라
내 짙푸른 꿈 하나 쏘아 올릴 터이니

광년의 거리 밖 너의 괴로움과
내 바람의 외투를 걸치고 길 나서던 날들의 절망감이
만나서 녹아내릴 수 있다면
내 아무런 확신 없이 떠돌던 삶이
네 울분으로 들끓는 코로나
100만 도가 넘는 뜨거움을
만나서 녹아내릴 수 있다면

고생대, 중생대, 참 얼마나 많은 화석 된 시간을 지나
겨울 별자리와 나는 이 밤에
우주의 한 귀퉁이에서
대좌하고 있는가, 밤마다

내 참 얼마나 많은 별에다
기성旣成에 대한 증오의 화살을 쏘아 올렸던가
어디를 가도 안주할 곳은 없었으니

멀고 먼 시간의 바다인 황도
12궁이 가리키는 세상을 향해 떠났었다, 그해 1975년
이후
내 죄악의 유혹에 얼마나 자주 굴복했던가
소리 내어 울면서 버린 동정을
얼마나 오래 저주했던가
나보다 더 오래 질서이신 신을 저주한 사람이 있으면
만나고 싶다, 그를 힘껏 포옹하리

지금은 밤이다, 끝 모를 어둠
몸부림치는 서로의 존재를 인식할 수 있는 것은
언제나 밤이지, 시작 모를 어둠이
지상에 가득 찰 종말의 날이
내 생애의 어느 날이 될지라도

어둠 속에서 표류하는 젊은 별이여
너를 축복하리, 환하게 웃으며 반기리, 환히
환희의 날이 나와 너의 사후에 올지라도

왜 이리 두려울까, 두렵지만 지금은 밤이니
질서에 길들기를 거부하는 젊은 별이여
희뿌연 새벽이 오기 전에
내게 신호하라, 내 온몸으로 뜨겁게, 뜨겁게
너와 결합하고 싶다.

수렁 속의 잠

너희들의 얼굴이 보이지 않는구나
어떤 소리도 들려오지 않아
검고 끈적끈적한 어둠의 속
수렁 속에 나는 버려져 있지
사체처럼, 썩지 않는 비닐처럼
이제 내 이름을 불러 줄 사람은 없어
눈뜨고 싶어 이것이 꿈인지 생시인지
이 정적을 나는 평화라고 믿어야 하는지
살 썩는 냄새,
인류의 배설물 냄새가 진동한다
진저리를 치며 돌아누워 본다
사회는 여전히 안전하겠지만 나는
온몸이 계속 쑤셔 아무리 아파도 나는
소리 죽여 신음하고 울어야 했지

뭐 필요한 게 없는가
없습니다
만족하는가

만족합니다

이 정적을 나는 그래
평화라고 믿어야 하는지 말을 배우고
남의 말을 알아듣기 시작한 이후
얼마나 많은 왜곡을 배워 왔던가 맹목적으로
얼마나 많은 거짓을 믿어 왔던가 빛 속으로
걸어가고 싶어 주어진 길, 가야 할 길이
있다 아직 시퍼렇게 살아 있다는
증거를 내 너에게 뵈 주마
창백한 새벽달아.

불안
—에드바르트 뭉크의 그림 2

다시 저녁이 와 저 검붉은 노을 아래
우리는 부유하고 있다 부패하고 있다
전쟁이 일어날지 모른다 밀고 내려올지 모른다
암으로 죽을지 모른다 암암리에 블랙리스트에 오르고
우리의 암거래가 언제 발각될지 모른다 별안간
구속될지 모른다 게게 풀린 눈으로 저마다
내려가고 싶지 않은 고향으로 내려가면
누가 누군지 모른다 몰라야 한다

겁에 질려 쉬쉬하면서 주위를 두리번거리고
목적지도 없이
끌려가듯이
몰려가듯이
휩쓸리듯이
시뻘겋게
충혈된 소리들이 신음 토하며 다가온다
죽어 가면서, 죽는 그 순간까지도 우리는
교환 가치에, 섹스에, 신제품에, 명분에다

넋을 팔겠지 끝끝내 전체를 보지 못하겠지

사람이 사람을 때려죽여도 그저 가슴 조이며
상복을 꺼내 입겠지 우우 몰려 나간 한강
다리 아래로 방류한 80년대
그 긴 시간의 쓰레기를 데불고
거무퇴퇴한 강이 흘러간다 기만의 강
아아 우리는 지쳐 있다, 나날이 녹슬고 있다.

광狂

우리가 언제부터 미쳐 갔는지를 신은 알리라

청어가 울고 있다
청어가 날고 있다
날개에 피칠을 한 채
어디로 날고 있나
—〈LE TEMPS N'A POINT DE RIVES〉*

우리는 우리를 제외한 남들을 불신한다
남들의 말은 그럴듯해도 곧이듣지 않는다
그렇게 길들여져 있다 잘 훈련된
우리들의 육체와 영혼
시간을 철저히 지킬뿐더러
과업을 초과 달성하고 언제 어디서나
치밀한 계획하에 사고하고 행동하는 우리는
이미 자기 자신의 노예 전체의 노예
우리는 어떠한 해방도 한사코 거부한다

착란의 시간이다 나는 인질로 잡혔다
총부리 앞에서는 아무것도 요구할 수 없다
누구도 내게 일을 주지 않는다
말을 걸지 않는다
물을 마시고 싶을 때 물을 마실 수 없다
잠자고 싶을 때 잠을 잘 수 없다

습관과 관습의 세계는 지금 완전한 균형

도취의 시간이 지나면
마취의 시간이 지나면
하늘에 떠 있을 나의 심장
살아 있는 내 주검의 머리 위에
진눈깨비가 내린다 창살 바깥의 많은 장님들이
나를 뚫어지게 본다 많은 청각 장애인들이
몰려와 내 기도 소리에 귀 기울인다
두려움에 떨며 나는 조용히 피 흘리기 시작한다

〈최루탄 연기로 얼룩진 저 하늘 위로 날아오르고 싶다〉

광기의 시간이다 나는 명령을 받았다
상부로부터의 명령, 나는 명령을 내린다
이 마을은 베트콩 마을이다 포위하고 불을 질러
단 한 명도 살려 두지 마라
수억의 열린 상처에서 흘러내리는 피와 고름을 봐
음악이 듣고 싶을 때 신음이 들려온다
말하고 싶을 때 누가 입을 틀어막는다

왜, 아침이 되면 저 무서운 태양은 떠오르는가
왜, 우리의 몸은 30조의 세포로 형성되어 있는가
왜, 우리의 대뇌피질에는 150억의 신경 세포가 있는가
왜, 밤이 오면 우리는 사나워지는가 우리 언제쯤 숨
을 거둘까
기분 나쁘게 진눈깨비가 추적추적 내리고 있다
약 기운이 떨어지고 있다 약을 다오 약을
아아 약만 있으면…… 우리는 전쟁을 치르고 있다……

의문 없이 사는 것이 행복인가 불행인가

*〈피안 없는 시간〉, 샤갈, 1939년 작, 뉴욕 근대미술관 소장.

개고기를 씹으며

맛 들이니 감칠맛이 있구면
한때는 주인을 위해 열심히 짖어대던
누렁아, 너를 지금은 내가 땀 뻘뻘 흘리며
씹고 있다 흉흉한 나날이다
한 마리 개가 이웃집 개를 깨워
온 동네 개가 짖는다
도둑은 발소리도 없이 온다
도둑은 다 어디서 본 듯한 사람
알고 보면 다 알 만한 사람
그렇고 그런 사람, 누렁아
이 땅에서 내가 하루를 더 산다면
나는 한 사람을 더 불신해야 한다
속여 먹어야 한다 흉흉한 나날
누군가의 등을 쳐야 잘 먹을 수 있고
너는 피투성이가 되고
지금은 식탁에 오른 영양가도 좋은 누렁아
혼자 명상에 잠기기는 어렵지 않으나
함께 깨어 짖기는 아주 어렵다구?

배 알맞게 부르니 졸음이 쏟아진다
나는 잠들고 만다 오래 깨어나지 못하지만
너는 깨어 많은 시간을 짖어댔던가 보다
먹히기 위해 살지 않았을 테지만
초복 중복 말복
사람[시]이 개[犬]를 먹는
복伏날은 일 년에 세 번이나 된다
똥개들의 수난사.

그대, 얼음 위를 맨발로

그대, 얼음 위를 맨발로
걸어 본 적이 있는가?
솟는 불길에 살점이 타는 아픔으로
눈물을 흘린 적이
눈물 흘리며 밥을 먹은 적이

서 있기도, 앉아 있기도 어려운 날
그대 끝내 드러눕지 않아 세상이 꼿꼿이 앉는다
그대 눈빛 설움에 젖어 세상의 어두운 곳이 밝아진다
허기진 언어 그대 정신의 분화구에서 견디고 견디다
피맺힌 언어 그대 정신의 막장에서 견디고 견디다
참을 수 없는 순간이 오거들랑,

밤
하늘에
뿜어 올려라
하늘을 우러러
토해 버려라

하늘에
별

별이 될 것이다 길 잃은 나를 인도할
별자리가 될 것이다 이 땅에서 오래 고통받은 이들
오래 괴로워한 이들은
오래 사랑할 수 있는 힘을 기를 것이다, 힘을
온몸이 뒤틀려 숨도 쉬기 어려울 때
별이 떨고 있는 창밖을 보라 조물주의 혓바늘이 돋
아 있다

　　　그대, 얼음 위를 알몸으로
　　　기어간 적이 있는가?
　　　온 내장이 그냥 터져 나가는 아픔으로
　　　비명을 지른 적이
　　　지르다 지쳐 까무러친 적이

이 땅의 너무 많은 고문당한 아들 딸아.

헌시獻詩
―1990년 5월에 그대 무덤 앞에서 읽습니다

그대, 아직도 후회할 무엇이 남아
이 밤도 잠 못 이루고 있으신지

먼지 속 세상 사람들이 더 큰 집을 지을 때
그대 머무적거리지 않았잖은가 표표히 에움길
달아나지도 않았잖은가 앞뒤로 칡덤불
먼 길, 길 아닌 길까지
저와 동행해 주신 그대 지금은
무덤 속에 누워 옛일 생각하고 있으신지

젊은 날, 우리의 신경은 자주 아파 울었고
걸을 수 없는 날 머문 집이
그해 5월에 그 사막에 있었다!
태양과 모래와 바람의 사막

이불 없이 잠든 밤이 몇 밤이었는지
끼니 거른 채 길 떠난 적이 몇 번이었는지
그대는 아시는지, 저는 기억 못 합니다

둘러보아도 곁에 가 누울 사람은 없는데
깨어 있던 그대 관 속으로 먼저 가고
그리하여 제 병은 한없이 깊어졌나 봐요

신경은 줄곧 아파 울지만, 이제 혼자 가야겠어요
병든 몸을 질질 끌며
한 걸음 한 걸음 앉은뱅이가 길을 가듯
가야겠어요 그대 체취 남아 있는 곳을 찾아서

제 살아온 이 세상의 밤도 깊었군요
헤맴이 끝나는 날 긴 잠을 자겠습니다.

전동차 막차를 타고

늘 후텁지근하고 늘 고리타분한 냄새가 나는
청량리발 수원행 1호선 전동차 천장의 선풍기
더운 바람에 실려 오는 자가용 없는 사람들의 체취
술 냄새와 땀 냄새, 나 역시 마늘 냄새를 풍기며
종3에서 표를 끊었다 막차였다 80년대의 막바지였다

안전선 한 걸음 안에서 부지되는 나의 목숨
갚아야 할 600만 원의 빚과 유산하여 낙담한 아내
내 목숨의 분신인 작은 핏덩어리는 어떻게 처리되었
을까
눈물이 흔해진 아내 곁으로 막무가내 술 냄새를 풍
기며
나는 돌아가는군 걱정 말기를 매일 마시는 건 아니
니까

퇴근 시간 하오 7시 반 전후의 숨 쉬기도 힘든
1호선 전동차 지금은 듬성듬성 빈자리도 보이고
타고 내리는 사람도 드문드문 드렁드렁 서서히 코를

고는

　서서히 내 어깨를 베개 삼는 아저씨는
　나의 이웃이죠 동시대인이며 동포죠 시민 여러분

　한마디의 간첩 신고가 국가 안보의 초석이 됩니다
　말없이 귀가하는 나의 이웃은 다 같이 졸고 있군요
　저마다 기진한 얼굴, 저마다 얼마쯤은 취해, 취중의
혼잣말
　싫다, 다 관둬, 육시랄, 63빌딩도 한강 수면에 드러눕고
　드러눕고 싶은 건 저도 매일반입니다 아저씨

　어깨를 움칠하자 아저씨는 실눈을 뜬다 미안하요
　곧 그는 다시 내 어깨를 베개 삼고 다시 신문을 떨구고
　떨어진 신문 지면 활자들이 드러누워 있다
　요르단발 비행기 공중 폭파
　이란 공사 현장 공중 폭격

　수상한 사람은 국가 안전 기획부나 경찰 관서 및 군

부대에
　신고하라는군 누구는 혹 어이없이 죽기도 하고
　누구는 또 난데없이 돈방석에 앉기도 하지만
　지금은 마지막 전동차 속에서 꾸벅꾸벅 단체로 졸고
　졸다가도 내릴 역에서는 용케도 일어서 나가는 동포
여러분.

상황 4

자다 깼을 때 사방은 캄캄했다 헉, 숨이 막혔다

기나긴 터널 속 끝이 보이지 않는데 멀리서 열차 바
퀴 소리

내 촉각이 순식간에 살아났다 힘줄이 뻣뻣해졌다

발작적으로 일어났다 앞으로 뛰어야 하나 뒤로 뛰어
야 하나

심장의 고동

발이 떨어지지 않는데 어느새 열차 바퀴 소리

뇌를 후빈다

하느니이이임 들려오는 것은 나의 부르짖음뿐

온몸을 떨며 벽에 붙었다 축축한 벽이 몸에 감겼다
그때,

벌거벗은 내 몸을 향해 쏟아지는 광선, 음향, 그때,

내가 들고 있던 것은 숟가락 하나, 숟가락 하나뿐.

시간의 척도

르메트르 왈, "우주는 고온 고압의 불덩이가 대폭발
을 일으켜 탄생되었다."
대폭발 이전의 시간은 어떤 시간이었을까?
대폭발은 언제 일어났을까? 어떻게 일어났을까?

오늘은 그녀가 30분이나 늦게 나타났어.
화가 났지만 웃는 낯으로 얘기했지.
-또 늦었네그랴. 앞으로는 이십 분 이상 늦으면 그
냥 나가겠어.

프리드만 왈, "우주에는 시초가 있었다."
우주는 언제 생겨났을까?
우주 종말의 순간은 과연 올까? 오지 않을까?

1년 후배 김이 대리로 먼저 진급하다니.
화가 났지만 웃는 낯으로 얘기했지.
-축하하네, 김 대리. 방위는 역시 현역 위야.

아인슈타인 왈, "빛도 중력에 의해 휘어진다."

빛이 휘어져 들어가기만 하고 나오지 않는다면?

블랙홀이란 곳의 시간도 시간일까? 존재도 존재일까?

급등하던 주가가 이렇게 빨리 곤두박질할 줄이야.

화가 났지만 웃는 낯으로 얘기했지.

　-이럴 때 사 두는 거야. 기다리는 자에게 복이 있다구.

슈바르츠실트 왈, "우주는 반경 100억 광년 남짓 되는 블랙홀이다."

우주의 크기는 정말 유한한가?

우주의 바깥에는 무엇이 있을까? 거기도 별이 있을까?

출근부 없어 지각이 잦냐고 박 과장이 오늘은 언성을 높이더군.

화가 났지만 웃는 낯으로 얘기했지.

　-대방역 부근 공사로 요즘 통근 버스가 막혀서요……

악취

〈하루〉

이상하다 무슨 냄새일까
이 지독한 냄새가 어디에서 풍겨 오는 것일까
두통에 뒤이은 헛구역질
헛구역질에 뒤이은 호흡곤란
냄새의 근원을 찾아
종일 집 안을 뒤진다 모르겠다
골목에 나가 남의 집 쓰레기통을 열어 본다 아니다
한길까지 나가 사람들에게 물어본다 모른단다.

〈이틀〉

아무래도 이상하다 무슨 냄새가 난다
이 지독한 냄새가 언제부터 풍겨 온 것일까
코를 킁킁거리다 코를 틀어막는다 지독하다
스컹크의 방귀 냄새가 이 정도일까
냄새를 피해 어디 멀리 떠나고만 싶다.

〈사흘〉

참아야 한다
익숙해져야 한다.

〈열흘〉

이제 됐다
이제는 아무 냄새도 나지 않는다.

우상 만들기

숭배할 대상이 있는 한
우리는 행복하다 최소한
행복해질 수 있다

우상을 찬양하고 있을 때
우리의 죄는 은폐된다
우상 덕분에 우리의 양심은 잠자고
우리가 견본으로 도열할 때
우상은 힘을 얻어 우리 위에 군림한다
우상이 있는 한
우리는 아무 거리낄 것이 없다
우상이 거들떠보지 않아도
우리는 북 치고 장구 치고 박수 치고
스스로 제물이 되고

우상은 누구인가?
우상은 어디에 있는가?

우상은 스타인가
우상은 스타 출신의 스타인가

우상은 스타가 되려다 만 스타인가
우상은 스타가 되기를 포기한 스타인가

우연히, 운 좋게
우상이 우리를 희롱하고 있는 것을 알았다
우리가 우상을 이용하는 것 이상으로
우상이 우리를 이용하고 있다는 것을 알았다

우리의 삶은 몇 푼의 금전으로 매수당하고
우리의 삶은 끊임없이 조작되고
우리의 삶은 쉽사리 소모되고
굳게 입 다무는 우리의 삶

나는 비로소, 마침내
우상을 증오하게 되었다

나는 그러나 우상의 일부일지 모른다 그렇다면
나는 나부터 증오해야 한다
나는 나를 먼저 죽여야 한다

죽여도 부활하는 우상
죽어도 급조되는 우상
우상은 신인가 천사인가 필요악인가

우상에게서 관심을 끌 수 없을까
우상에게로 검열받으러 가자
우상 만세!

나는 운다.

어두운 날의 주자

너는 무엇을 향해 달려왔는가
광화문 네거리 교보빌딩 뒤로
태양이 쓰러지며
유언처럼 그에게 전한다 네 주변의 모든 것이 가속되
고 있으나
목적지에 도달한 것은 아직 하나도 없노라고
사용 불가능한 에너지로 뒤덮인 세 번째의 혹성
썩은 쓰레기 더미 위에서는 꽃을 피울 수 없노라고
닫힌 계系에서 너에게 물려줄 수 있는 것은 무질서뿐
이라고

언제부터였을까 그가 알루미늄과 플라스틱의 감촉
을 좋아하게 된 것은
스위치를 넣고 엔진을 작동시키면서 쾌감을
깡통을 따고 비닐을 버리면서 희열을 느끼게 된 것은
재작년 겨울부터였던가 그 겨울, 네거리의 한 빌딩에
서류를 접수시키고 면접을 거쳐 일자리를 구했을 때,
위태롭다

위태롭다고 콘크리트와 아스팔트와 강철을 뒤집어
쓴 땅이 그랬었지
　일산화 탄소와 산화 질소와 탄화수소를 얻어 마시러
당신은
　이곳으로 출근하느냐고 703번 좌석 버스에 1시간 20
분 동안 서서
　하나씩 하나씩 잠식해 가고 있다 울창한 숲이 사라
지듯
　숲이 사라진 곳이 사막이 되듯
　한 칸 한 칸 금속의 얼굴 광물의 가슴을 밟고
　검붉은 녹물이 차오르고 있다 비라도 내리면 불끈
　융기한 땅의 뱃가죽마다 둥둥 기름이 뜨듯
　그의 영혼에 고름이 차오르고 있는 것 같다 자주 놀
라고
　성급해지고, 복통을 잘 일으키고, 혼미해지고, 구역질
이 나고……

　병원에 갔었지 신경성이라고, 마음을 느긋하게 가지

라고

　마음을, 그의 정신을 분석해 보라 물질에 대한 신경질
적인 기억뿐이니

　그는 어떤 것에 관해서도 확신을 가질 수 없는데 아니,

　확신할 수 있는 것은 우리 모두가 유한하다는 것

　우리가 소유한 물질이 우리를 소유하고 있다는 것

　모든 물질은 소멸되지 않고 단지 변형될 뿐이라는 것

　수많은 바퀴와 단말기와 쇳가루의 세상으로 분산되는

　에너지의 잔해들, 폐기물을 매장할 땅은 어디에 남아
있나

　어둠이 내렸다 시간의 활시위를 당기며 귀 기울이면

　부릉부릉 부웅부웅 찰칵찰칵 딸깍딸깍 기술이 그를
먹여 살리고

　부글부글 와글와글 지익지익 삐익삐익 기술이 그를
죽여주는군

　막 떠나려는 703번 좌석 버스를 향해 달려가며 그가
외쳤다 살려 줘

　나는 먹이가 되고 싶지 않아 소모품으로 처리되고 싶

지 않아

　태양아, 다시 교보빌딩 위로 떠오르렴 태양만이, 언젠
가는 식을

　저 태양만이 내 것이라고 창백한 몰골의 그가 외치고
있다.

3년 사이

1987년
나는 대한민국 서울 사직동에 위치한
문예출판사 편집부에서 교정을 보고 있었다
종일 원고와 교정지와 사전을 보다
해가 진 뒤에 퇴근했다
국립묘지 뒤에 있는 반지하 전셋집에 도착하면
석간도 아무개의 장편 소설도 보기 싫었다
국립묘지에 묻혀 있는 순국선열을 생각하며
(그들의 몸은 다 썩었으리)
잠이 들면 아침이었고
눈뜨면 다시 89번 좌석 버스
한 번도 앉아서 출근해 본 적이 없는······

1990년
나는 대한민국 서울 을지로에 위치한
쌍용양회 기획실에서 화면을 보고 있다
기종은 IBM 멀티스테이션 5550
종일 화면과 기안서와 서류를 보다

해가 진 뒤에 퇴근한다
안양역 부근에 있는 아파트에 도착하면
TV 뉴스도 아기 울음소리도 듣기 싫었다
안양천에서 서식하던 민물고기 떼를 생각하며
(고기들은 한 마리도 살지 않으리)
잠이 들면 아침이었고
눈뜨면 다시 수원발 안양 경유 직통 전철
한 번도 앉아서 출근해 본 적이 없는……

1987년
언어가 내 의식 세계를 지배하고 있었다
언어가 내 의식 세계를 이끌어 가고
언어가 내 의식 세계를 차단하고 있었다

1990년
기계가 내 의식 세계를 지배하고 있다
기계가 내 의식 세계를 이끌어 가고
기계가 내 의식 세계를 차단하고 있다

만성 두통인지 골머리가 아프다
기계 앞에 앉아서라도 시인이 되고 싶다
원재길이나 원재훈이처럼
원시인처럼…… 일주일에 2, 3일만이라도……

기계와 나

기계를 만나러 출근한다
통근 버스에 오르면 떠오르는 기계의 얼굴
통근 버스에서 내려 사무실 내 자리에 앉으면
감정 없이, 변함없이 나와 마주하는 기계
나는 내 감정을 묵묵히 기계에 이입한다

기계를 두드리면 밥이 나온다
기계를 열심히 두드리고 있으면
사고四苦 팔고八苦 다 잊을 수 있다
기계는 내게 명령하지 않는다 얼굴 찌푸리지 않고
내 명령을 그 즉시 이행할 뿐

나와 기계의 거래는
단 한 번의 실수도
1원, 1일, 1초의 오차도 없다
기계는 놀랍도록 정직하다
기계는 나를 괴롭히지도 않는다

기계는 인간을 위해 서비스한다
나의 가족을 위해, 국가를 위해
다국적 기업을 위해, 세계를 위해
IBM을 위해, 세계의 정보망을 위해
정보망의 통합을 위해—세계는 하나

기계를 두드리다 보면 나와 모두는
공통의 가치관을, 공통의 행동 규범을
공통의 사고방식을, 공통의 질병을
갖게 된다 미래에 대한 비전을 제시하는
기계, 이제 그의 일부가 되고 싶다

기계 뒤에 서 있는 인간이 무섭다.

나는 숫자와 부호 들의 하수인인가

10 1b 25 31 00 0c 00 00 %3··· %3··· %1···

컴퓨터의 키를 하나 잘못 눌렀다

10 0c 30 20 04 30 40 04 0?.×?..0 .0@.

38 30 1f f0 00 07 c0 00 0 @..0.08 80%···

나는 단지 키를 하나 잘못 눌렀을 뿐이다

화면은 온통 알 수 없는 숫자와 부호

25 31 00 18 00 00 00 00 ···%3··· %1···

깨어진 파일, 부서진 시간의 더미 속에서

06 02 10 02 00 30 00 00 ....0..

00 10 00 1b 25 33 00 08 0..0..0.....%3.

숫자와 부호 들이 비웃고 있었다 낯선 우주가

낯익은 우주를 비웃고 있었다 넌 헛고생한 거야

네 생애의 한 부분이었을 지난 몇 시간

네가 추구해 온, 갈망해 온, 입력시켜 온

모든 것이 한순간에 파괴되고 말았어

낯선 우주인 컴퓨터여, 그대 몸속에다 나는
　확신하다 의심하며 의심하다 확신하며 익숙한 손놀
림을
　아아, 생애 단 한 번의 실수를 용서해 주기를
　00 10 1b 25 31 00 0c 00 .%3..%3..%1...
　너는 생각한다, 고로 너는 컴퓨터가 아니냐

　1b 50 1b 46 00 3e 1b 25 .%9..%b.p.f.).%
　여기저기 만져 보아도 너는 말이 없구나
　해독하지 못할 숫자와 부호 들만 나열될 뿐
　황 대리님과 김 과장님이 놀라서 달려오고
　바이러스 때문이야? 뭐? 졸다가 잘못 눌렀다구?

　복구할 수 없는, 그 무엇으로도
　재생할 수 없는 낱낱의 시간과 사물이
　또 다른 우주로 빨려 들어가 버렸다
　블랙홀도 입자와 복사파를 방출한다는데
　전지전능한 컴퓨터여, 너는 왜 나를 비웃는 거지?

불안한 세대

세계는 지금도 뒤집어지고 있다는군
내 몸의 노화가 진행되고 있는 시각에
내 호봉 수가 늘고 있는(즉, 퇴직이 가까워 오는) 시각에
세계는 개성화와 다양화와 세분화로 뒤집히고 있다
는군

나는 아직도 연못 속의 잉어인가 회의 석상에서
내가 한 말이 바로 문서화되고
문서가 곧바로 정보망 속으로 입력되는데
나는 여전히 표준화와 대량화와 획일화를 외치고 있
는가

	오퍼레이션 지향	전략 지향
매니저	● 이익 창출자 ● 목표 달성자 ● 컨트롤러	● 기업가 ● 이노베이터 ● 카리스마형 리더
매니지먼트 시스템	● 장기 경영 계획/예산 ● 역사적 업적 컨트롤	● 전략 경영 계획 ● 전략 경영 ● 전략 컨트롤

고부가 가치의 물결 속에서 기계 같은 사람들이
정보의 홍수 속에서 사람 같은 기계들이
은어인 양 격류를 거슬러 치달리는데도
변신의 결단을 좀처럼 못 내리는 나는

떠밀려 가고 있다 국경과 이데올로기가
떠밀려 가고 불안한 세대와 20세기가 떠밀려 가고
기존의 자질구레한 권위도 떠밀려 간다
세계는 또 얼마나 많은 혁명을 겪을 것인가

정보	● 수요/이익 지향	● 새로운 육성과 기회
구조	● 기능적/사업부제 ● 안정적	● 프로젝트형/매트릭스 ● 다이내믹

사고의 불연속과 함께 메커트로닉스* 혁명을
판단의 불연속과 함께 광·센서 혁명을
시장 기능의 불연속과 함께 정보 혁명을
생장의 불연속과 함께 유전자 혁명을

막막한 시간과 거대한 공간이 내가 모르는 사이
'지금' '여기'로 좁혀졌는데 종種은 자꾸 사라지고
팔팔한 과장과 대리 들이 어렵게 어렵게 올라온
이 김 부장의 자리를 위협하고 있다…… 어떻게 한다?

파 워	● 집권적 ● 생산 마케팅	● 제너럴 매니지먼트 ● R & I ● 뉴 벤처 ● 전략 경영 계획
행동방식	● incremental	● entrepreneur

* mechatronics. mechanism과 electronics의 합성어. 도표
는 『全子測 1990년대의 日本』에서 인용, 분해한 것임.

후유증

1
이 길이 언제쯤 끝날까
그때 나는 더 이상 갈 수 없다고 보고하고
누군가의 부축으로 부대로 돌아갔어야 했을까
잠든 채 걷는 야간 행군
나는 잘 수 없었다 삔 발목
시간이 지날수록 점점 더 아파 왔는데도
전우의 군장만 보며 계속
걸음을 옮겼다 구보 당시의 낙오 병사
또 낙오할 수는 없다고
어금니를 깨물고, 눈물을 글썽이며 걷는 산길
그때 내가 길섶에 드러눕기라도 했더라면
제대한 지 5년 반이 지난 지금
날만 흐리면 발목이 아프지 않을 것을.

2
호소할 수 없는 고통과
호소해도 소용없는 고통과

호소해도 들을 이 없는 고통은
질이 다르다
후유증을 앓고 있는 사람은
권인숙 씨가 아니라 문귀동 씨가 아닐까
후유증을 앓아야 할 사람은
김근태 씨가 아니라 이근안 씨가 아닐까.

3
진땀 흘리다 간신히 눈을 뜨면
생생하게 반복되는 입시 꿈이나 군대 꿈
3수생으로 3점 감점을 당하며 치른 시험
반도 못 푼 수학 문제 과학 문제
공란에 작대기를 반도 채우기 전에 벨이 울리고
대학 나왔으면 다야? 네가 시인이야?
세 살 어린 장교한테 뺨을 맞으며
일병 이승하! 일병 이승하! 일병 이승하!
지금도 가끔씩 꿈에서 만나는 중위를
(꿈속에서는 내가 그의 뺨을 때리는 경우도 있다

사관 학교 나왔으면 다야? 네가 군인이야?)
서울 거리에서 다시 만나고 싶다 먼저 손 내밀며
자네라고 꼭 불러 보고 싶다.

4
김천 중앙초등하교 27회 졸업
소문을 듣고 십여 년 만에 찾아본
초등학교 동창생 하나
불구가 되어 구석방에 누워 있었다
삼청교육대에서 살아서 돌아왔으나
대마초 중독자가 되어 욱신욱신 시들시들
바퀴벌레와 더불어 하루를 죽이고 있었다
가진 돈 좀 없니? 히로뽕이라도 맞았음 좋겠어
너의 길이 언제쯤 끝날까.

서울·밤·질주

실체는 썩는다 깜박 졸다 깨면 늘 축축한 등
가수假睡의 상태에서 물 먹은 보신탕용 개처럼
헐떡거렸다 게워라 게워 헛구역질을 하며
자정이 지난 충무로와 을지로 그 환한 길을
차를 몰고 헤매었다 빨간 신호등을 보며
신경질적으로 머리카락을 쥐어뜯기도 했지

난 바빠 그만 좀 괴롭혀 예상치 못한
그의 최후통첩에 내 뼈마디가 뒤틀린다
언제나 피곤한 몸, 언제나 짜증 나는 마음이다
길거리에는 즐비한 외설과 낭설
가공할 자본주의의 배설물들이
뒤섞여 흐르고 있는 것이 위험해 보인다

후다닥 신호등을 무시하고 나를, 아직은 쓸 만한
내 프라이드를 앞으로 달려가게 했을 때
어디서 튀어나와 가로막는 제복의 젊은이
나는 긴장한다 서슬 푸른 관리자의

확실한, 때로는 애매한 일 처리에
현금이 사라진다 지나온 날들을 돌이켜 보면
나는 줄곧 현금에 머리 박고 울고 웃었지

부정한 돈이 넘치고 있어 돈이 돈을 벌어
계산하라 예상하라 주식 값이 곤두박질해도
나는 끄떡없지 웅덩이 속 모기의 유충처럼
날개를 퍼덕일 날이나 꿈꾸면 되지
애애앵 소리치며 누군가의 살에 가 닿아
피를 빨아먹을 날을 기다리면 되지

그러다 나는 버려지리라 쓰레기 버려지듯
쓰레기는 대지로 돌아간다 밤의 주유소에서
다시 깜박 존다 그가 커다란 돌을 들어
내 머리를 내려친다 내려치고 내려친다
중추 신경이 외마디 비명을 지르고, 이유 없이
죽어 가는 나를 누가 구원해 줄 것인가.

이 땅에 살아남기 위하여
—안양천변에서, 아내에게

운명 지어져 있다 그대와 나와 이 땅은
모르는 사이 늙고 있다 물物 하나 소유하는 사이
물物 하나 사용하는 사이 그대보다 먼저 땅이 늙고
얼마나 물物을 더 모아야 땅에다 집 지을 수 있을까

잠든, 신생의 아기를 보며 미소 짓는 그대와 내가
빈 몸으로 돌아갈 국토는 동강 나 있다 두 동강?
세 동강? 아니, 몇 동강이 나 있는지도 모르면서
질경이처럼 이 땅 어느 구석에서 살아남기 위하여
어제는 몇 번의 자기변명을 했는지
내달에는 몇 마디의 거짓 증언을 해야 하는지
자신에게는 한없이 관대하고
타인에게는 줄기차게 가혹한 지식인으로서 우리는
살아간다 살아남기 위하여 때때로 변신도 하지

때때로 배신도 하지 베풀기만 해 온 땅을 버리고
흰머리를 쓸며 돌아가 안식할 곳은 어디일까 과연
남아 있을까 땅은 병들고 강의 시름은 깊고 깊어

더한 시련의 날이 기다리고 있을 터인데, 혜윤아
어렵게 맺어져 생명 기르며 살았던 이 시대를
후세는 어떻게 기록할까 앞서거니 뒤서거니 죽은 뒤
당신과 내가 남긴 씨앗은 어떤 땅에 떨어질까
무슨 꽃을 피울까 거름 안 준 땅은 동강 나고 썩었다
산성을 머금은 저 구름은 하늘이 준비한 심판 같다

내 아내, 나보다 먼저 영육이 나눠지면 어디에 묻힐래?
소유한 땅 한 평 없으니 화장해 뿌려 줄까
검은 안양천에 떠내려올라 비닐에 싸 묻어 줄까
더위잡으며 올라선 어느 비탈, 혹은 황무지에서.

돌아오지 않는 새들을 기다리며

귀 기울이면 저 강 앓는 소리가 들려오네

신음하고 있는 700리 낙동강
내 유년의 기억 속 서걱이는 갈대밭 지나
가물거리는 모래톱 끝까지 맨발로 걸어가면
시야엔 출렁이는 금비늘 은비늘의 물살
수백 수천의 새들이 나를 반겨 날고 있었네

지금은 볼 수 없는 그 많은 물떼새들
왕눈물떼새·검은가슴물떼새·꼬리물떼새·댕기물떼
새……
수염 돋은 개개비란 새도 있었네
물떼새 알을 쥐고 돌아오던 어린 날의 낙동강
내 오늘 한 마리 물고기처럼 회유回遊해 왔네

아무것도 없네, 그날의 기억을 소생시켜 주는 것이라
고는
나루터 사라진 강변에는 커다란 굴뚝의 도열, 천천히

땅이 죽으면 강도 따라 죽을 테지 등뼈 흰 물고기의 강
대지를 버린 내 영혼이 천천히 황폐해 가듯

할아버지랑 그물 망태기를 들고 강에 나가면
참 많은 물고기를 맛볼 수 있었네
잉어·누치·가물치·뱀장어·미꾸라지……
수염 돋은 동자개란 놈도 가끔 보였네
지금 그 물고기들 낙동강을 버렸다고 하네

내가 세제를 멋모르고 쓰는 동안 거품을 물고
내가 폐수를 슬그머니 버리는 동안 거품을 물고
신음하는 강, 그 새 그 물고기 들 다 어디론가 떠나
내 발길 바다에 잇닿는 곳까지 왔네, 낙동강구
을숙도를 보고 눈감고 마네, 삐삐삐 삐리삐리 뽀오르
르 뽀르삐

눈감으면 바다직박구리 우는 소리가 들려오네.

3부

죽음과의 싸움

교감

내가 잠든 하룻밤 사이
얼마나 많은 별이 새로 태어나 빛을 발하는지
헤아리지 못하는 내 혼은 너무 곤궁하구나

내가 노동한 하루 낮 사이
얼마나 많은 별이 숨져 우주의 한 공간이 어두워졌
는지
헤아리지 못하는 내 몸은 너무 빈약하구나

보이는 별과 보이지 않는 별이 말한다
네 몸은 한 줄기 바람일 뿐, 여기서 부는
미풍과 훈풍과 태풍이 다 바람일 뿐

지상의 생명은 다 같이 유한하여
사시장철 바람을 감지할 수 있지
바람 앞에 다 같이 흔들려야 하지.

겨울, 도시에서

수도 없이 나를 내팽개친 사람들을
이제는 다가가 차례로 감싸안고 싶어
끊임없이 칼날 세우는 세상 가운데로
이제는 몸 던져 안기고 싶어
허락하여 주어 내 변함없는 체온을
한 개 관 속에 들어가 버리면
당신들과 나는 만날 수가 없잖아.

죽음과의 싸움

참 많은 시간을 함께했던 이여
천정이 제 코앞까지 다가와 일렁거려요
현기증이 가라앉자마자 두통, 무엇보다
견딜 수 없는 두통, 수십 개의 바늘이 찌르고
또 욕지기, 한기와 진땀

이제 가렵니다 시간과 기억을 빠져나와
이제 새로운 세계의 문턱에 다다른 것입니까
공포가 저를 짓누르고 있어요 영혼을 뒤흔드는
분노와 좌절의 순간이 지나갔을 때

당신을 마음속으로 불러 보았습니다 저를 탄생시킨
미지의 힘이여, 죽음과 싸우고 있는 제게 오시어
방해하지 마십시오 아직 제 관자놀이가 여리게
뛰고 있으니까요 아직 제 박동이 멎지 않았으니까요

침상 밑으로, 방바닥 저 밑으로, 지하 깊숙이
점점 가라앉고 있습니다 점점 멀어지는 실체들

점멸하는 빛, 한 번만 더 빛날 수 있기를……
존재의 원천이 부여하신 과제를 못다 푼 채
존재 그 자체에 귀의하기 위해 저는 지금…… 빛이여.

수혈을 기다리며

산의 무게가 느껴진다
몇 날이었을까, 낮에서 밤, 밤에서 아침까지
전신을 찢어 놓던 통증이, 무슨 기적인 양
진통제도 없이 멎은 이 아침에
관악산, 너의 얼굴이 불현듯 보고 싶어
입원실의 커튼을 젖혀 달라고 부탁한다
계절이 그사이 바뀌었구나

네 고뇌의 무게가 느껴진다
핏기 없는 하늘을 머리에 이고
인간들의 생성과 사멸을 오래 지켜 온
겨울 관악산아
무수히 많은 생명을 산자락 안으로
맞아들이고 또 떠나보내는
수천수만 년 시간의 무게도 함께 느낀다

잠시 후면 메마른 모세 혈관으로
타인의 피가 다시 흘러들 것이다

미지의 인간이 나에게 허락한
미지의 시간을 순금으로 여겨야 하리

관악산과 더불어 맞는 지상의 아침
흉터처럼 나도 이제 빛나고 싶다만
고통만은 늘 새로운 지상에서의 삶.

혈연의 죽음

숨 비로소 멎어야 한 생애의 문은
우주 공간을 향해 열리는 것입니까
대문 밖은 여전히 신열에 들떠
땅과 하늘이 함께 경련하고 있습니다, 이모님
평면 위의 삶을 살아오신 미혼의 그대
이제는 달과 뭇별을 슬하에 두시어
더 이상 고통받지 않을 것입니다
더 이상 울음 감추지 않아도 될 것입니다
24년간의 가슴 오르내림 순간에 멎어
이제는 생명 있는 것들에 대한 연민의 정도
생명 있는 것들에 대한 적개심도 없이
자연스럽게, 자연 속에서, 자연인으로 돌아가
모든 결박된 것들을 위해 기도할 수 있습니다
기도할 수 없습니다, 막내 이모님
당신은 순식간에 썩고 말 테지만
저는 살아서 천천히, 천천히 썩어 갈 것입니다
세계의 법칙에 따라, 생명의 법칙에 따라
이 지구와 저 우주도

시간의 바퀴 아래 깔리고 있는데
저 앞으로 얼마를 더 헤매야
닫힌 세계의 문을 찾을 수 있을까요
열린 세계의 끝을 찾을 수 있을까요
고통이 끝난 당신의 주검 앞에
축복의 시 한 편 바칩니다.

병실에서의 죽음

내 몸이 또 아프다
몸이 또 아픈 나를 설득하고 있다
되살아나는 추억들로 다시 피 흘리지 말라
모든 욕망을, 가면 쓴 밤들을 다시금 용서하라고

그럼 그렇게 할게
몇 번이나 고개를 끄덕이며
네 차가운 손을 잡아 주었던지
내 너와 무엇을 약속한들
너는 머리맡 한 송이 국화보다도 빨리
시들 터인데
창가를 맴도는 한 마리 날벌레보다도 빨리
나갈 터인데
갈 사람이면 어서 가렴 편히 잠들면
너 홀로 짐 졌던 십자가도 거두어지고
곤한 너의 영혼 누일 곳
어디엔가 마련되어 있으리
한 마음을 버려 또 한 마음을 얻을 수 있음이

어찌 죽음에 이르는 병뿐이리

수술실에서 나올 때마다, 퇴원 수속을 밟을 때마다
나는

고통의 뜻을 알게 한 몸에게

생사의 뜻을 알게 한 몸에게

또 한 번 감사했었다

내 영혼의 이마에 가래침을 뱉은 사물들을

또 한 번 용서했었다

너의 임종을 지키는 시간

또 하나의 우주가 사라지고 있지만

한목숨 제때 거두어들이는 일은

얼마나 아름다워 눈물겨우냐

기쁨과 슬픔의 끄트머리가 만나는 일은

얼마나 눈물겨워 아름다우냐

산 사람 위로 내리는 어둠은 어쩜 이렇게 무거운지

창밖에는 별들이 몰려들고

수천 광년 밖의 별들이 떨고

이제 너와 나 사이에는 절차만이 남아 있다
식어 가는 이 행성에 묻는, 묻혀야 하는.

축제를 찾아서
—대장 몬느*와 함께

다시 떠나자구, 친구
묶인 혼을 풀어 우리가 가 닿아야 할 곳은
지금도 춤과 노래의 나날일 거다
항구 도시 길모퉁이, 의자 삐걱거리는 술집에서
그녀가 너한테 따라 준 맑은 술 몇 잔
혀끝에서 전신으로 퍼지던 몽상의 시간으로 되돌아
가면
지겨운 장소의 한심한 친구들도 문득 아름답게 생각
되고
그날 너를 사랑한다고 했던 많이 취한 그녀의
눈물 글썽이던 커다란 눈이 너를 또 달뜨게 할 거다

자, 이제 쓸데없는 번민의 심연에서 부상하자구
일단 네 어미와 아비를 버려
효도라는 그 질긴 끈은 끊어 버리든지 태워 버리든지
그리고 나선 네 아내와 자식을 버려
가정이라는 그 무거운 짐은 내다 버리든지 팔아 버리
든지

묶인 혼, 늘 묶여 있던

늘 묶인 채 끌려다니던 너와 나의 혼이 아니었던가
말야

희망은 부풀고, 몸은 날이 지날수록 가벼워져

시간의 잔해 속에서 우리 무엇을 건져 올릴 수 있을까?

너는 이 도시의 그림자 짙은 빌딩 숲 속에서

숨어 살았지 안주安住는 너를 자꾸만 불안하게 하지
않든?

지도와 시간표로는 계산할 수 없는 낯선 도시 낯선
거리

낯선 집들에 사는 낯선 사람들은 우리를 보고

집이 어디냐고 제발 묻지 말았으면 좋겠어

짙게 배어 나오는 젊은 날의 피를 난들 어떻게 할 수
가 없어

혈연이 준 상처의 한끝을 동여매고

다시 가출하자구(출가도 좋지), 친구

네 계절의 바람이 기억하는 항구 도시 길모퉁이 술집

에서의 축제

만남이란 미지의 기적을 위하여! 위하여!

* 몬느는 프랑스의 알랭 푸르니에(1886~1914)가 쓴 소설 『대장
몬느(Le Grand Meaulnes)』에 나오는 주인공 이름. '대장 몬느'라
는 별명으로 불림.

우리들의 행로

내 품에 안겨 숨죽인
그대 손이 왜 이렇게 따뜻할까
내 마음에 깊이 새겨진
그대 모습이 오늘은 더 신비롭구나
우리 아무 가진 것 없어
눈물 흥건했던 시절이 참으로 길었네

설움에 겨워 잠들지 못한 날
그대 아픈 나를 일으켜 세워
새벽, 미명의 길을 함께 걸었지
조금씩 조금씩 밝아 오는 빛 속으로
나를 데려간 그날의 행로를 기억하는가
그대 손의 온기는 내 가슴에 여전하네
그대 가슴의 온기는 내 손에 여전하네

사위어 가는 불씨를 아끼듯
그대를 아끼리
다시 올 어떠한 아픔도 설움도

마다하지 않으리
그대가 나를 이루어 간다면
나 또한 그대를 이루어 가리
떨리는 목소리로 난생처음 고백하네
그대에게, 눈부신 그대에게
사·랑·하·리·죽·는·순·간·까·지

늦은 귀갓길에

그대와 내가
서로를 생각하는 마음이 깊어지면
계절도 따라 깊어지리라

어둠이 조금 더 일찍 찾아들면
조금 더 일찍 불 밝히면 되지
누구와도 연분 맺지 못하던 그대
아직도 못다 운 울음이 있거들랑
내 곁에 와서 목을 놓아라
가진 것이 없으면 기쁨 만들고
가진 것이 많으면 슬픔 나누지
끝난 그곳에서 다시 시작하는 일이
이루어지리라 지금 생각하지 말자
사람 사는 곳 그 어디
온기가 남아 있지 않으랴 어느 누군들
흉터를 간직하고 살아가지 않으랴
눈꽃 지는 세모의 밤, 창밖 서울역 앞에는
저토록 많은 사람이 희비의 짐을 들고

돌아갈 곳 찾아 다 어디로들 돌아간다
우리, 서로를 생각하는 마음이 깊어지면
한목숨도 따라 여물고
계절은 더욱 깊어지리라.

사당동 시장에서 오는 길에

1

종이 한 장을 주고
이미 죽은 오징어 한 마리를 산다
거슬러 받은 종이로
아직 산 게 세 마리를 산다
팔고 사는 일이 어쩌면
죽고 사는 일이다
죽고 산 것들을 팔아 상인은 살고
죽고 산 것들을 먹고 내가 산다.

2

리어카 행상이 슈퍼마켓보다
조금 더 비싸게 팔면 불쾌하고
조금 더 싸게 팔면 유쾌하니
1천 원권에 그려진 퇴계 선생이 알면 웃으리
1만 원권에 그려진 세종 대왕도 알면 웃으리

동작구 동작동 102—36
반지하 내가 사는 전세방까지는
경문고를 거쳐 정금마을이니 버스로 두 코스
토큰 두 개를 아껴 보겠다고
아내와 나는 걸어서 돌아온다

산 하나 너머로는 국립묘지
순국선열의 넋들이 알면 웃으리
몸 밖의 모든 일이 이토록 미혹이어서
눈의 광채, 빛을 따르다 희미해지고
귀의 청각 기능, 소리를 좇다 희미해지리니……

한 사람에게

너의 속내에 자리한 아픔이 자라나
내가 겪고 있는 아픔보다 더 깊어진다면
나는 지금 자리 정리하고 일어나
네 곁으로 달려가야 하리라
비록 일상의 모든 끈끈한 것들로부터
달아나고 싶다는 느낌뿐일지라도

작은 것을 아끼는 부드러운 마음과
작은 것은 버리는 단단한 마음으로
살아가기가 얼마나 어려운지
너는 나에게 가르쳐 줄 수 있는가
나누어 짐 지면 살림살이의 무게는
얼마만큼 더 가벼워지는지
너는 나에게 가르쳐 줄 수 있는가

내 속내에 자리한 아픔이 자라나
네가 겪고 있는 아픔보다 깊어진다 해도
너는 지금 자리 정리하고 일어나

내 곁으로 달려오지 않아도 좋다
비록 일상의 모든 끈끈한 것들로부터
달아나고 싶다는 생각뿐일지라도

……그러나 그것이 잘못이라면?

나와 너

거리가 너무 추워
나는 오들오들 떨고 있었어
무관심한 벗들, 꽃을 선물할 줄 모르는
가족들의 무서운 적의, 희미한 불빛 속에 사라진
악의에 찬 구경꾼들
그 모두를 향해 던진 말의 투창
피 흘리는 사람은 언제나 나
혼자였어 거리에 쓰러진 나를 내버려두고
무수한 차들이 질주해 갔으나

가진 것은 병 깊은 몸이 전부
환멸이 체내에 축적되어 왔어
전 세계가 나와 화해하지 않을 것을 알지만
나는 세계를 향해 미소 짓는 법을 익혔지
스스로 회복하기보다는
감싸안음으로써 따뜻해지는 나와 너
다가가자고, 침묵하지 말자고
다짐하지만 끝끝내 말문은 막히고

구경꾼 한 명 없지만
팬터마임을 시작해야겠어
말없음표 속의 거리만큼 가까이 있어도
언어 장애인이 되는 나와 너였지
허나, 몸짓을 보여 주마
흰자위를 드러낸 채 거품을 물고
쓰러져도, 혼신으로, 죽는 순간까지
무엇이 두렵고 부끄러우리, 이렇게
네 삶의 가치를 이해하려 애쓰는데

이 도시에서는
깊이 병든 몸보다
상처받은 혼의 아픔이 더 견디기 어렵더라
죽음으로써 내남없이 일체를 이룰 삶들이여.

함께 누는 똥

감사히 먹겠습니다!
먹은 것은 다 똥으로 돌아간다
이 들에서 얼마나 많은 선조와 선임자가 똥을 눴을까
이 들에 얼마나 많은 사람이 스물 안팎의 나이로 묻
혔을까
야영이 끝나면 꼭 뒤 무거운 새벽이 왔다
내가 스물다섯의 나이를 M16 총구에 매단 채
여러 해 어린 전우들과 작전에 투입되었을 때
공유할 수 있었던 것은 누적된 성욕과 식욕
주입된 적개심과 무조건의 복종심
계급이 높으면 무조건 충성! 경례를 붙였고
계급이 낮으면 은근히 충성! 경계를 기다렸지
복창 소리 보지, 눈깔 돌아가는 소리 운운을
내가 했듯이 누군가가 할 것이고
10년 뒤에도 할 것이고
탈 없이 군복을 벗고 제 갈 데로 가면 잊혀 가고
우연히 만나도 다른 신분의 옷을 입고 있겠지
내 뼈가 묻힐 이 들에서 병兵끼리 모여

대인 지뢰라며 된똥을 누는 새벽
안개가 불침번을 함께 서 주는 이 새벽이
기록되지 않을지라도 내 오래 기억하리라
엉덩이는 무척 시리지만 얼마나 후련한가
다음에 야영하는 어느 놈이 내 똥을 밟을 것인가.

실연

너로 인해 괴로워한 밤이 너무 많았다

　너는 생각하기를
　내 가슴팍에 작은 압핀 하나 꽂고 돌아섰을 뿐일지
라도
　남몰래 내가 흘린 피의 양과
　만취하여 벽을 짚고 걸어간 술집 골목마다
　더러운 화장실마다 게워낸 온갖 내용물들을
　너는 모르리라 그 누구인들 알 리야

　나는 생각하기를
　내 영혼에, 사지와 오장육부에 속속들이 새겨진 상
처는
　불멸하리니, 생사를 초월하리니
　이 험준한 밤의 끈질긴 초침 소리를
　머리 위에 운집한 별들과 함께 내가 듣는다
　그날, 눈물이나 흘리지 말 것을, 병신같이, 사내가

눈물 속에서 또다시 부활하자
다시 일어나 떠나야 할 긴 시련의 길, 음지를 찾아가
병들자, 시름시름 앓아나 보자
보살펴 줄 사람 하나 없는
실패한 내 사랑의 얘기 들어 줄 사람 하나 없는
세상 가장 어두운 곳에서 나를 다시 만나자

너로 인해 괴로워할 밤의 산맥 앞에 내가 서 있다.

꽃차례

천체는 현존합니다 질량이 불변하듯이
가장자리에서부터 혹은 위에서부터 피어나듯이
꽃 한 송이의 섭리는 불변합니다

들여다보면 항시 비어 있는 지상
타인의 눈물과 핏물을 받아 마시며 제가
끌려다니는 동안도 행성은 타원의 궤도를 돌고……

이 한 몸과 마음이 때때로 추레하여
가슴에 별 하나 품고 살아가게 하듯이
슬픔의 벼랑 끝에서 곱게 핀 당신을 찾아내듯이

꽃, 한 송이의 천체여
이승의 기나긴 밤에도 당신과 맺어져 있어 저는
살아 있는 것들의 향기를 맡을 수 있습니다.

흙에게

1990년이 된 지 오늘로 100일
100일 동안 너를 맨발로 밟아 본 적이 없네
너를 만져 본 적도 없을 거네, 흙이여
내가 일용하는 모든 양식을 네가 주었는데
인간의 역사라는, 이 지구의 역사라는
시간과 공간을 지나와 너와 나 형성되었는데

나는 너를 끊임없이 거부하였고, 도피했었지
가시적인 세계와 나 자신을 향한 구, 역, 질
에 대한 그 많은 기억에서 못 벗어난 채
누군가의 생명을 파먹으며 사는 나 또한
몇 필지니 몇 평이니 몇 원이니 하는 너처럼
가치 평가되고 기록되었을 뿐, 분류되었을 뿐
그러다 내가 '도구'라는 사슬에서 벗어나면
내가 너와 한 몸이 되면 말야
너는 나를 이해할 수 있을까
내가 너를 이해할 수 있을까

또 한 끼 밥을 먹는다 네가 준 밥은
몇 덩어리 대변으로 반납하고 있지만, 언젠가
몸으로 반납하리 그럼 내 너한테 서서히 삼투되겠지
내 물질의 편린에 지나지 않아 썩고, 그 썩은 물
한 식물의 생명에 스미어 한, 번, 더
태양을 볼 수 있을까 빛도 어둠도 없는 곳에서
무엇으로 나는 영원의 일부가 될까
죽음으로써 시작되는 지상 모든 타자의 삶

흙에서 난 몸이기에 저 태양을 향해
비상하고 싶었네 몸은 관습에 매어 있을지라도
정신은 시간과 공간을 적으로 삼고 싶었네
조락의 무한한 의지로 네가 나를 끌어당겨
마침내 자연이 전신을 압도할 때
아니, 본모습을 찾게 할 때
나 또한 너를 순응시키리라 믿는다, 흙이여.

직지사 뒤 황악산

1. 대웅전 앞에서

나이 서른을 넘고 아버지가 되자
황악산을 보는 눈이 달라진다 산이
그냥 산이어서, 그냥 등 굽은 우리나라 산이어서
직지사 석탑을 내려다보는 것이 아니라
희뿌연 안개 쓰고 무거운 구름 이고, 힘겹게
계절마다 무수한 생명을 키우고 떠나보내고
죽어 돌아온 생명 손수 염하기도 하고, 지쳐
그러면서 늙어 가는 산임을 알게 된다.

2. 기념품 가게 앞에서

어떤 날은 산이 안 보인다 부처가
그냥 인간이어서 혹은 욕하기 좋은 신이어서
기념품으로 걸려 나를 쳐다보는 것이 아니라
불의 어둠 속, 불타는 것들의 차가움
식욕, 수면욕, 음욕의 뜨거움

내가 눈 똥과 남이 싼 똥의 차이
시간을 늘이고 줄이는 법을 알게 하려고
침묵하고 있음을 알게 된다 산의 침묵에
저 절대자의 침묵에 귀 기울여야 하리.

3. 등산로에서

정상까지의 길은 하나가 아니리라
발로는 걸어갈 수 없는 길을 보여 다오
내 30년간 길 걸어오며
내 무너뜨린 숱한 길, 길들
타인을 길들이며, 내 스스로 타인한테 길들며
살아갈 길을 나에게 보여 다오
내 마음 가로막는 것이 늘상 내 마음이라
타인의 눈으로 나를 바라볼 수 없었으니……
죽음으로써 모든 것은 완성되나
죽음으로 완성되는 것은 없지 않느냐
나를 키운 직지사 뒤 황악산

내 몸을 염해 줄 산이여.

권주가
—원재길에게

나는 새치 가득한 머리를 들어
형광등 주위를 맴도는 파리 몇 마리를 본다
급강하한 파리를 쫓으며 고기를 굽는
네 반지 없는 손과 속 깊은 눈을 본다
젊은 날의 벗이여 그 잔을 쭈욱 비워라
잔 비우고 싶을 때 비우면 그뿐
잔 채우고 싶을 때 채우면 그뿐
하룻밤의 도취를 누가 만류하랴
도취의 끝에서 우리의 생은 늘 깨어났는데
자, 변두리 인생 파리나 날리는
시간과 시름을 어두운 술집에서 날리는
퇴기 월매 같은 저 늙은 주모의 주름살을
잔 부딪쳐 축복하자 내 젊은 날의 벗이여
한 곡조 부르고 싶은 노래를 불러라 속 시원히
젓가락 부러지도록 장단 맞춰 줄 터이니
원, 제길
등 뒤에서 끊임없이 시간이 사멸하는구나
행하고 싶을 때 나는 행해야 한다

원, 제길

일상은 어찌하여 늘 뜯어고치기일까

빌려서 입기일까 못 갚고 못 본 척하기일까

재길아, 너 나 알지?

기어오르기 위해, 오로지 남 먼저 차지하기 위해

하루를 살기는 싫었다 또 일 년을 죽이기는 싫었다

내가 취한 것 같니? 그래, 좀 취했나 보다

그래, 조금은 취해 아집이 아니면 분열이더라고

호기롭게 나서서 말하다 묵사발이 될지언정 자, 들어

펜을 들어 스스로의 가슴에다 찍어, 쓰고 싶은 시를

쓰자구

행하고 싶을 때 나는 힘써 행해야 한다

정말 하얗게 머리가 세어 마주 앉는 날

술찌끼처럼 물밑 깊이 마음도 가라앉히고

세상 깊이를 돋보기 너머로 가늠하게 되는 날

우리 어디론가 홀연 입적해도 좋겠지

경험의 알을 품고 꿈꾸어 온 새처럼.

원효와의 만남

1

백병원이 있는 저동에서 성당이 있는 명동으로 가시
려면
천국에의 계단은 아니지만 육교를 하나 건너야 합니다
병든 몸이 낫지 않아 더 아픈 영혼을 치료하고 싶으
시면
하늘을 향해 가파른 계단을 걸어서 올라갔다가
땅을 향해 가파른 계단을 걸어서 내려가야 합니다
계단을 다 내려오면 당신은 눈비가 오는 날을 제외하
고는
한 명의 거지를 목격하게 될 것입니다
그 거지의 동냥 그릇에는 동전이 없을 때가 많지만
(한두 개만 들어와도 슬그머니 포켓에 넣죠)
먹고살 만하니까 허구한 날 나와 앉아 있는 게 아니
겠어요?
바로 앞 중앙극장에서 〈원+씩스〉나 〈매춘〉 혹은
〈개 같은 내 인생〉을 하건 말건 거지는 기나긴 시간

한두 개의 동전을, 보시를 기다리고 있습니다 자, 그럼
그를 저의 선지식善知識으로 삼은 얘기를 한번 들어
보시겠습니까?

2

욕심에 가득 차 번득이는 내 눈 속으로 뛰어드는
한 구의 시체 같은 거지
앞에 서면 문득
모든 사변思辨의 길이 끊어진다
사시사철 늘 그러한 모습으로 그냥 그대로인 옷을
입고
모자람도 남음도 아랑곳없이 기다리는 동전
더위와 추위로부터도 파괴당하지 않는 거지의 부동
자세는
생각을 비우는 행위가 아닐는지
법을 구하는 행위가 아닐는지
귀는 귀대로 입은 입대로 생각은 생각대로

무엇인가를 좇아 헤매며 사는 나는

육교를 헐레벌떡 다 내려왔으나

차안此岸에서 피안彼岸으로 건너온 것이 아니다

내버릴 아무것도 없는 저 거지마냥

내세울 아무것도 없는 저 거지마냥

살아온 것이 아니다 살지도 않을 것이다

나와 남과의 분별을 떠난 사랑도

인연에 얽매이지 않은 사랑도 해 본 적 없으니

내 축생畜生과 수라修羅와 다른 점이 무엇이냐

당신을 보니 지혜와 자비는 참 멀고도 가깝군요

엄동에 나와 앉은 거지에게 100원을 던지고

진속眞俗이 어쩌면 평등하다 평등하다고 잠깐 생각
한 후

증권빌딩 3층에 있는 동서증권 중앙 지점으로

나는 헐레벌떡 달려간다 눈을 아귀처럼 번득이며.

죽음에 대한 두 사람의 반응

1. 원균(1540~1597)의 경우

육지로 쫓겨와 단신으로 달아나다
소나무 아래에서 잠시 숨 돌리다 적의 칼에 맞은
원균의 죽음과
왜적의 배 200여 척을 불사르고
남해 근처까지 쫓아가다 등에 총알을 맞은
이순신의 죽음은 충분히 대조적이다
명예스럽지 못한 죽음과 명예로운 죽음은
이렇게 달라 당대의 사관도 후세의 사가들도
패장과 명장으로, 겁장과 용장으로 평가하였다

죽음을 향한 자기 반응 혹은
자기방어 체계는 제각기 다른 것을
죽음에 의해 그의 삶의 질이 달라짐을
원균과 이순신의 경우에서 나는 배운다
패전을 확신하고서도 전장에 나가 죽은 원균과
물러가는 적을 뒤쫓다 욕심이 과해 죽은 이순신은

(그는 뱃머리에 서서 지휘하다 적의 표적이 되었다)
역사의 명예를 구하지 못한, 혹은 구한
때를 잘못 만난, 혹은 잘 만난 경우가 아닌가?
오직 한 차례의 내 몫이 아니라면
삶은 참 얼마나 보잘것없는 것이랴
타인의 욕된 죽음을 비웃는 동안
내 죽음도 욕되게 할 수 있으리
내 삶도 카멜레온처럼 변색시킬 수 있으리.

2. 이필제(1825~1871)의 경우

너의 혼은 어디에서 맴돌고 있는가
도망치다 잡힌 문경 새재 언저리
태어난 홍성 근처 금강 나룻가
서른다섯에 유배 간 영천 땅 어디에도
너의 흔적은 없었다 여전히 불의
여전히 외세가 판치는 이 삼남
어디에서 너의 혼은 맴돌고 있는가

이필제—왕조 시대의 도둑은
봉건의 깃발 아래서도 숨죽이지 않고
숨죽이지 않고 죽음에 반응하였다
출생의 울음과 함께 비롯되는 죽음
한 가지를 이룸으로 더 가까워지는 죽음
시신의 경직, 죽은 자의 얼굴에 번지는 반점
이 모든 죽음을 어떻게 마련할 것인가가
삶을 이루는 것임을 너는 나에게 가르쳐 준다

관리의 부정을 징치懲治하자는 사람은 문초당하고
왜구와 서양 세력을 막자는 사람은 죽게 마련인가
100년이 흘러도 200년이 흘러도
죽어야 할 것은 반드시 살고
살아야 할 것은 반드시 죽는가
그 반대인가, 할 말 다 하고 산 이필제
죽음을 위해 나는 또 어떻게
남은 삶을 가꾸어 갈 것인가.

고통의 제의祭儀

이광호(문학평론가)

1

시집의 제목은 성서적 공간으로 우리를 이끈다. 성서의 「욥기」는 이 시집의 의미론적 비밀과 깊게 연관된다. 「욥기」에 등장하는 인물은 매우 경건하고 부유하고 축복받은 사람이다. 어느 날 돌발적인 파멸이 그를 엄습한다. 그의 소유와 그의 자녀, 그리고 결국은 그의 신체까지도 파괴하는 환란이 그를 덮치는 것이다. 욥은 이 돌발적인 재앙이 그에게서 일어날 만한 이유를 알지 못한다. 욥에게 밀어닥친 이유 없는 고난은, 그로 하여금 신에게 격렬하게 항의하도록 만든다. 욥이 본 것은 공평하고 권위 있는 신이 아니라, 모든 폭력을 동원하여 의로운 개인의 고난을 격화시키는 잔인하고 광란하는 신이었다. 신의 이러한 모습에 대한 발견은 욥을 절망과 회의의 늪으로 몰아넣는다. 욥에게 가해진 고난의 깊이는, 그로 하여금 '신이 의로운 자의 편인가' 하는 문제를 제기하도록 한다. 성서적 공간 안에서의 이러한 욥의 문제의식은 신학적 해답에 의해, 다시 말하면 하나님의 말

씀에 접함으로써 해소된다. 의로운 인간에게 몰아닥친 갑작스런 재앙에 대한 이야기를 통해,「욥기」의 문학적 향기와 보편성에 연관되는 국면이다.

이승하의 시집은 이 욥의 고통을 시적 현실로서 재구성하고 있다. 이 시집 안에는 욥과 같이 죄 없이 고통에 시달리는 시적 자아의 탄식과 신음이 넘쳐나고 있다. 하지만 그 신음은「욥기」와 같이 신에 대한 격렬한 항의의 차원으로만 환원되지는 않는다. 다시 말하면, 이 시집에서의 욥의 슬픔은 이 땅에서의 순결한 영혼들의 고통이라는 상징성을 갖는 것으로, 그 시적 의미의 진동 폭은 신학적 인식 체계의 울타리를 넘나드는 것이다.

2

이 시집에서 시적 자아의 고통은 세 가지 차원에 연관되어 있다. 그 세 가지 차원이란 시적 자아의 고통의 연원에 대한 세 가지 범주의 통찰을 의미하는 것이며, 동시에 이 고통과의 싸움의 세 가지 층위를 의미하는 것이다. 이 시집은 '미친 누이를 위하여' '나는 숫자와 부호들의 하수인인가' '죽음과의 싸움'이라는 소제목을 달고 있는 3부로 구성되어 있으며, 이 소제목들은 그 안에 포함된 시들의 시적 지향성에 대한 강력한 암시를 제공

한다. 우선 1부의 시들을 통해 우리는 시적 자아의 고통
의 개인사적 연원을 찾아볼 수 있다

> 감천아, 감천의 바람아, 착란의 이 땅아
> 내 누이는 영원히 어린애란다
> 나와 누이를 연결시켜 주는 끈은 없단다
>
> 버려진 내 누이, 너는 아직 곱게도 미쳐……
> ─「바람 그리기」부분

> ─작은오빠, 부모님을 그만 용서하자 우리도 죄가 많으니
> 차라리 곱게 미쳐 용서하고 만 내 누이야, 하나뿐인
> 이 지상은 명백히 꼬여 있는 질서로 움직이는데
> 너는 허공만 보고 있을래 멍하니, 그렇게 멍청하니.
> ─「병든 아이」부분

위와 같은 표현들을 통해 우리는 시인의 고통이 병든
누이의 고통에서 비롯되며, 그 누이의 병이 어두운 가족
사와 연관됨을 읽을 수 있다. 병든 누이의 고통은, 이 시
집의 표제인 욥의 고통을 연상시킨다. 가족사와 연관된
불행이나 고통은, 우선 지극히 개인적인 차원의 것임에
틀림없다. 하지만 뛰어난 시인들은 그 개인적인 차원의

고통과 마음 안의 상처가 가지는 시적 의미를 보편적인
아픔으로 형상화한다. 그리하여 이유 없는 고난에 대해
아무런 응전의 능력을 갖추지 못한 누이에 대한 시적
자아의 연민은, 버려지고 망가진 존재들의 연대감으로
전이된다. 그리고 시인은 보다 구체적으로 누이와 시적
자아에게 가해지는 고통이 가족 내의 불화와 폭력(주로
아버지에 의한)에 의한 것임을 드러낸다.

두 살 아래 내 누이야 오락가락하지 말고 나를 봐
작은오빠는 통나무란다 맞아도 맞아도
아프지 않아 아프면 어때 뒤죽박죽인 낮과 밤
싸우는 소리 환청으로 들려오는 계단 밑 방
나는 더 자라야 한다 건강해야 한다.

—「통나무」부분

수십 번도 더 내가 살해하고 용서했던
부모와 형제(=가족=가축?)가 준 상처는
(그 상처는 다른 누가 주는 상처보다 깊으리)
이 우주의 역사와 더불어 불멸할 거라고 저주하며
집을 떠났었네, 네 책갈피마다 눈 내리고 눈은 꽃피워

—「길 위에서의 약속」부분

아버지에 의한 폭력은 시적 자아와 그 누이의 영혼을 망가뜨리고 지울 수 없는 상처를 남겨 준다. 시인이 서정적인 추억의 어조로 그 상처를 되살릴 수 없는 것은, 그 상처가 충분히 현재적이기 때문이다(시의 표면적인 어조 위에는 격렬한 증오와 자조의 감정이 나타난다). 아버지의 폭력 앞에서 시적 자아가 취하는 행위는 두 가지이다. 우선 그 폭력을 견디고 그것으로부터 오는 정신적 고통을 감내하는 것이다. 그리고 다른 하나는 이 저주스런 집으로부터 떠나는 것이다. 하지만 고통을 감내하는 자세나 가출의 행위는, 혈연이 준 고통으로부터의 완전한 망명이 되지는 못한다. 그 마음의 흉터를 지울 수 없기 때문이다. 그리하여 시인은 그 고통이 가지는 개인적·사회적 의미를 반추한다. 그것은 시가 시인에게 지워진 고통의 무게에 맞설 수 있는 유일한 전략이며, 고통을 초월하는 내성內省의 길이다.

이 시집에서의 아버지의 폭력에 의한 누이와 시적 화자의 고통은, 두 가지 방향에서의 사회적 문맥을 포함하고 있다. 하나는 아버지에 의해 자행되는 폭력은, 아직까지도 가부장적 권위주의가 잔존하고 있는 한국 사회에 대한 한 병리학적 인식일 수 있다는 것이다. 또 하나는 이때 아버지의 권력은 가족사 내부의 문제일 뿐만 아니라, 기성의 사회 체제를 지탱하는 고인 가치들, 제도, 권력, "이 지상의 명백히 꼬여 있는 질서"를 함축하고 있다는 것이다. 그러므로 이때 병든 누이의 고통은 가족사적 차원과 사회적인 차원을 동시에 획득하는 것이라고 할 만하다. 그리하여, 미친 누이와 시적 자아의 고통이 한 사회 구조 전체의 착란 상태와 그 안에 감금된 실존의 분열증이라는 문맥으로 확산되는 것은,

> 꿈꾸는 나무는 저만 괴롭다
> 다른 나무는 꿈꾸지 않으므로
> 꿈꿀지라도 아주 다른 꿈이므로
>
> 그 괴로움이 쌓이고 쌓이면 상실의 시간이 오리
> 혹은 단절의 시간 혹은 순례의 시간이
> 버려졌으므로 우리는 떠나야 했다
> 억압의 장벽을 우회하여
> 혈연의 철조망을 통과하여
> 퇴원할 수 있을까 퇴원한 이후로도 우리는
> 땅을 보며 걸어 다녀야 하리
> 헤쳐 나가야 할 사회는 거대한 그물 속
> 우리는 그물에 갇혀 그물 바깥을 꿈꾸었고
> 그물의 밖은 결국 병원 안이었다
> ─「정신병동 시화전 3」부분

에서이다. 이 타락한 세계에서 "꿈꾸는 나무"만이 괴롭다는 것은 외로운 진실이다. 그 꿈꾸는 나무들은 영혼의 질병을 앓고 있다. 그리고 그 꿈꾸는 나무들이 "억압의 장벽"과 "혈연의 철조망"에 갇혀 있다는 것 또한 어두운 진실이다. 하지만 더욱 저미는 것은 우리가 갇혀 있는 "그물의 밖도 결국 병원의 안"이라는 인식이다. 그것은 우리 시대의 그물들의 집요함과 깊이를 말해 주며, 그 그물로부터 벗어나기 위한 싸움의 어려움을 말해 준다. 그리고 그것은 정신의 분열과 감금이라는 삶의 양태가 개인적 차원의 것이 아닌, 한 사회 전체의 병리 현상이라는 인식을 깔고 있다. 한 사회 전체가 거대한 정신병동이라는 인식은 전율스럽다.

3

이 시집의 시의 배열을 쫓아가면, 우리는 개인사적 고통의 무게가 문맥을 획득하는 행로를 따라가게 된다.

되거라. 나는 되기 싫었다. 양수 속에서 동그랗게 잠들었을 때가 좋았다.
교련 시간마다 땡볕 아래서 목총을 들고 16개 동작을 익히느니

16세의 나이로 학교를 그만 다니겠다. 나는 마침내 제
안한다.

나의 제안은 받아들여지지 않는다.

저 애가 아무래도 돌았나 봐. 나는 자연 도태될까?

굴렁쇠가 되어 굴러가고 싶어. 멀리, 아주 먼 도시의 습
한 뒷골목으로.

　　　　　　　　　　　　　　　　　　　　—「병원에서 쓴 일기」 부분

죽어 가면서, 죽는 그 순간까지도 우리는

교환 가치에, 섹스에, 신제품에, 명분에다

넋을 팔겠지 끝끝내 전체를 보지 못하겠지

사람이 사람을 때려죽여도 그저 가슴 조이며

상복을 꺼내 입겠지 우우 몰려 나간 한강

다리 아래로 방류한 80년대

그 긴 시간의 쓰레기를 데불고

거무튀튀한 강이 흘러간다 기만의 강

아아 우리는 지쳐 있다, 나날이 녹슬고 있다.

　　　　　　　　　　　　　　　　　　　　—「불안」 부분

시집의 1부에서 2부로 넘어오면서, 우리는 개인적 고
통이 현저히 사회적인 문맥을 얻고 있는 것을 확인한다.
시인과 그의 병든 누이의 고통은, 그러니까 아버지로 상

징되는 '규율과 질서'에 의해 비롯되며, 그 속에서 깨끗
한 영혼들은 미치고, 소외되고, 도태된다. "기만의 강"이
흐르는 타락한 세계는, 인간이 '전체'를 보지 못하게 만
들고 영혼을 녹슬게 한다. 그러한 영혼들은 그리하여
'양수'와 '굴렁쇠'와 같은 수성적水性的이고, 원형적圓形
的인 세계로 돌아가고 싶어 한다. 그러나 그러한 회귀욕
回歸慾이 현실적으로 충족될 수 없는 것일 때, 남는 것은
불안과 공포, 소외라는 심리적 상태이다. 그것은 한 사회
와 그 안에서의 삶에 대한 저주와 비관적인 인식을 낳는
다. 그 퇴행적인 욕구와 비관적인 인식은 건강한 것이라
고 말할 수는 없다. 하지만, 우리는 그것들을 통해 한 시
대의 "기만의 강"에 떠내려가고 있는 개인의 실존적 정
황에 대한 정직한 성찰을 읽을 수 있다.

> 기계가 내 의식 세계를 지배하고 있다
> 기계가 내 의식 세계를 이끌어 가고
> 기계가 내 의식 세계를 차단하고 있다
>
>
> 만성 두통인지 골머리가 아프다
> 기계 앞에 앉아서라도 시인이 되고 싶다

—「3년 사이」 부분

1b 50 1b 46 00 3e 1b 25 .%9..%b.p.f.>.%

여기저기 만져 보아도 너는 말이 없구나

해독하지 못할 숫자와 부호 들만 나열될 뿐

황 대리님과 김 과장님이 놀라서 달려오고

바이러스 때문이야? 뭐? 졸다가 잘못 눌렀다구?

복구할 수 없는, 그 무엇으로도

재생할 수 없는 낱낱의 시간과 사물이

또 다른 우주로 빨려 들어가 버렸다

블랙홀도 입자와 복사파를 방출한다는데

전지전능한 컴퓨터여, 너는 왜 나를 비웃는 거지?

　　　　　　　　─「나는 숫자와 부호 들의 하수인인가」 부분

　그 사회적인 문맥이란 하지만, 정치의 층위에만 한정
되지 않는다. 우리 시대의 권력의 속성은 보다 복합적이
어서, 그것은 거대 자본과 테크놀로지의 형태로 우리의
광범위한 일상적 삶을 규정한다. 이제는 '숫자'와 '부호'
가 독재자의 군홧발 대신에 우리의 삶을 지배하고 관리
한다. 기계 앞에서, 그 전지전능한 컴퓨터 앞에서의 시인
의 무력감은, 그러나 그 "기계 앞에 앉아서라도 시인이
되고 싶다"는 시적 의지에 의해 '하수인'의 삶을 거절하
게 만든다. "하수인인가"라는 문제 제기에는 이미 '하수

인'이 되지 않기 위한 투쟁이 포함되어 있다. 그리고 그 투쟁이 존재론적 의미를 얻어 죽음의 종교성을 맞아들이는 차원으로 나아갈 때, 우리는 3부의 시들을 만나게 된다.

4

> 침상 밑으로, 방바닥 저 밑으로, 지하 깊숙이
> 점점 가라앉고 있습니다 점점 멀어지는 실체들
> 점멸하는 빛, 한 번만 더 빛날 수 있기를……
> 존재의 원천이 부여하신 과제를 못다 푼 채
> 존재 그 자체에 귀의하기 위해 저는 지금…… 빛이여.
>
> —「죽음과의 싸움」부분

> 한목숨 제때 거두어들이는 일은
> 얼마나 아름다워 눈물겨우냐
> 기쁨과 슬픔의 끄트머리가 만나는 일은
> 얼마나 눈물겨워 아름다우냐
> 산 사람 위로 내리는 어둠은 어쩜 이렇게 무거운지
> 창밖에는 별들이 몰려들고
> 수천 광년 밖의 별들이 떨고

이제 너와 나 사이에는 절차만이 남아 있다
식어 가는 이 행성에 묻는, 묻혀야 하는.
                              ―「병실에서의 죽음」부분

　　시인의 죽음과의 싸움은 종교적인 차원을 얻고 있다.
기독교적인 교리에서 죽음 너머에는 허무가 있지 않으
며, 인간을 영원한 생명체로 초청하는 은혜로운 신이 존
재한다는 신앙 안에서, 유한한 인간 생명이 새로운 존재
양식으로 변화한다는 종교적 신념이 관철되고 있다. 우
리는 이승하의 시편에서 이러한 기독교적 사생관死生觀
과 해석체계의 벌거벗은 모습을 찾아내기란 쉽지 않다.
인간의 종교들은 대개, 죽음을 영원의 세계로 가는 관
문으로 인식하고, 죽음의 신성함과 초월성을 강조한다.
그리고 인간의 한계성에 대한 철학적 인식은 현존재를
무의미하게 하기보다는 더욱 지혜롭고 풍요롭게 한다.
이러한 맥락에서, 죽음에 대한 시인의 태도는 차라리
통―종교적인 존재론적 성찰의 성격이 강하다고 할 수
있다. 그러므로 시인에게 죽음이란 '존재 그 자체에 귀의
하는 일'이거나 생의 우주적 '절차'일 뿐이다. 그의 죽음
에 대한 시적 사유는, 고통의 심연을 건너온 한 인간이
아름다운 죽음을 준비하는 지혜의 차원에 가깝다. 죽
음에 대한 성찰은 남아 있는 시간에 대한 강렬한 삶에

의 충동을 유발하는 것이다.

> 천체는 현존합니다 질량이 불변하듯이
> 가장자리에서부터 혹은 위에서부터 피어나듯이
> 꽃 한 송이의 섭리는 불변합니다
>
> …(중략)…
>
> 꽃, 한 송이의 천체여
> 이승의 기나긴 밤에도 당신과 맺어져 있어 저는
> 살아 있는 것들의 향기를 맡을 수 있습니다.
>
> ─「꽃차례」 부분

"꽃 한 송이의 섭리"에 대한 긍정은 이렇게 해서 가능해진다. "꽃, 한 송이의 천체"는, 이 세계에 존재하는 모든 사물과 발생하는 모든 현상이 상호억압적이고 닫힌 위치를 버리고 아름다운 종교적 질서를 획득하는 세계이다. 인간은 슬픔과 허무의 벼랑을 맞닥뜨린 그 순간에, 우주의 불변하는 질서를 받아들임으로써 오히려 실존적 충일감과 생명의 향기를 느끼게 된다. 그 살아 있는 질서와 조화의 세계는 아름답다.

5

이 시집의 후반부를 아름답게 수놓고 있는 타인에 대한 사랑의 노래와 종교적 향기를 품고 있는 시편들을 다 읽은 뒤, 시인의 의도적인 시의 배열, 이 시집의「꽃차례」를 거슬러, 다시 나는 그의 격렬한 고통의 시편들을 읽는다. 독자로서의 나는 그의 고통의 시편들을 더 사랑한다. 그리고 또한 나는, 시인이 따뜻한 긍정과 화해의 세계로 나아가기 전에, 이 세상 안의 괴로움 속에 더 많이 머물러 있음으로써, 그 구원의 형식이 더욱 단단한 시적 진정성을 부여받기를 희망한다.

　　　서 있기도, 앉아 있기도 어려운 날
　　　그대 끝내 드러눕지 않아 세상이 꼿꼿이 앉는다
　　　그대 눈빛 설움에 젖어 세상의 어두운 곳이 밝아진다
　　　허기진 언어 그대 정신의 분화구에서 견디고 견디다
　　　피맺힌 언어 그대 정신의 막장에서 견디고 견디다
　　　참을 수 없는 순간이 오거들랑,

　　　밤
　　　하늘에
　　　뿜어 올려라

하늘을 우러러
토해 버려라
하늘에
별

별이 될 것이다 길 잃은 나를 인도할
별자리가 될 것이다 이 땅에서 오래 고통받은 이들
오래 괴로워한 이들은
오래 사랑할 수 있는 힘을 기를 것이다, 힘을
온몸이 뒤틀려 숨도 쉬기 어려울 때
별이 뜰고 있는 창밖을 보라 조물주의 헛바늘이 돋아
있다

　　　　　　　　　　　—「그대, 얼음 위를 맨발로」부분

　시인이 체험한 고통은 너무도 격렬하고 깊어서, 이 시
집은 '피맺힌 언어'로 가득하다. 하지만 시인으로서의
이승하의 능력은 그가 이토록 격렬한 정신적 고통의 체
험을 갖고 있다는 사실에 있는 것이 아니다. 시인은 그
고통의 체험을 반추하여 존재의 의미로 가득 찬 언어
의 결정들을 보여 주어야 한다. 시에서 진정으로 반짝이
는 것은 그 언어의 결정들이다. 그것은 "정신의 분화구"
와 "정신의 막장" 속에서 견디고 견디어 하늘로 토해 올

리는 고통의 분비물 같은 것이다. 그것들이 길 잃은 시인을 인도할 별자리가 된다는 것은 아름다운 역설이다. 또한 그 별자리들이 "조물주의 헛바늘"이라고 노래할 때, 시적 자아의 고통에 대한 성찰은 깊은 종교적 인식에 다가간다.

이 시집은 질병의 이미지로 가득하다. 누이는 미쳐 병들었고, '나'는 병상에서 죽음과 싸우며, 그리고 무엇보다 한 사회 전체가 깊게 병들어 있다. 한 사회가 거대한 병동이고 그 안에 사는 사람들이 영혼의 질병을 앓고 있다는 인식은 비극적이다. 그러면 한 시대 한 사회가 거대한 정신병동일 때, 깨끗한 영혼이 나아갈 수 있는 길은 어디인가? 성서 속의 욥의 회의는, 결코 신의 존재 자체에 대한 회의가 아니라 신의 악행에 대한 것이었다. 욥은 자신의 고난이 신의 부재 때문이 아니라 신의 징벌에 의해 이루어진다는 신념의 틀 안에서 문제를 제기한다. 욥은 어떠한 고통의 순간에도 신의 개입을 의심하지 않는 것이다. 그러므로 욥은 신의 말씀을 받아들임으로써 신의 정의 앞에 인간의 정의를 내세우지 않음으로써 자신의 상처를 치유받을 수 있었다. 욥의 고통과 시적 자아의 고통은 그 깊은 문맥에서 제의적 성격을 띠고 있다. 욥에게 내려진 고난은 진정한 믿음으로 가는 통과제의와 같다. 하지만 시인은 아직 확실한 신학적 해답을 드러내지 않는다. 그렇다면, 종교적 구원의 형식을 쉽게 받아들이기를 머뭇거리는 시적 자아는, 그 고난의 운명과 일그러진 세계의 질서를 한 몸으로 받아, 그 영혼의 질병을 앓아내면서, 길고 긴 투병의 시간을 이어 갈 수밖에 없지 않을까.

이 시집을 통해 우리는 한 개인의 은밀하고 어두운 실존적 체험이 사회적인 지평과 존재론적 지평을 획득해 나가는 과정을 이해하게 되었다(그러나 시집을 비평적 언어로 '요약'한다는 것은 얼마나 부질없는 일인가?). 자명한 것은, 이승하는 그의 앞선 두 시집에 비해서 이 시집에서 더욱 구체적이고, 더욱 예리하고, 더욱 처절한 고통의 언어들을 보여 주고 있다는 점이다. 그리고 그것은 시인의 발목을 묶고 있는 고통의 근원에 육박하고자 하는 시인의 용기에 연관될 것이다.

그 용기를 축복하자. 하지만 타인의 저미는 고통을 들여다보는 일이란 얼마나 두려운 것인지, 타인의 고통을 통해 자신의 고통을 들여다보는 일이란 정말 얼마나 두려운 것인지.

욥의 슬픔을 아시나요
2025년 2월 25일 1판 1쇄 펴냄

지은이   이승하
펴낸이   김성규
편집   김안녕 조혜주 한도연
디자인   신혜연
펴낸곳   걷는사람
주소   경기도 용인시 기흥구 동백중앙로 358-6, 7층 (본사)
           서울 마포구 월드컵로16길 51 서교자이빌 304호 (지사)
전화   031 281 2602 / 02 323 2602
팩스   02 323 2603
등록   2016년 11월 18일 제25100-2016-000083호

ISBN   979-11-93412-87-9 04810
ISBN   979-11-89128-08-1 (세트) 04810